さくらの丘で

小路幸也

祥伝社文庫

もくじ

祖母は、その西洋館を〈私たちの学校〉と呼んでいました。

そしてそこの話をするときにはいつも、とてもとても柔《やわ》らかな表情を見せました。愛《いと》おしむような、慈《いつく》しむような。まるで子猫をそっと両の手で抱きあげるときのような。

「満《み》ちるも通えたら良かったのにね」

そう言って、にこりと笑い、わたしの頭に手を伸ばし、そっと撫《な》でてくれました。

その祖母の仕草と表情が大好きで、わたしはいつも西洋館での祖母たちの日々を、その頃のお話をせがんで聞かせてもらっていたのです。

普段は孫に甘くはなく、どちらかと言えばそっけないぐらいの祖母でしたから、子供心にも、祖母が通ったというその〈学校〉はきっととても良いところだったのに違いない、素晴らしいところだったのだと思っていたものです。

実際、祖母に聞いた話のほとんどをわたしは覚えています。眼を閉じればそのときの、今のわたしよりずっと若い頃の祖母の笑顔が浮かんでくるぐらいに。

山に挟《はさ》まれた、谷あいの小さな町が、わたしの故郷でした。

車二台がようやくすれ違える山あいの細い坂道を真っ直ぐに上り、いちばん高いところが町境で、見下ろせば集落と呼ぶ方が似つかわしい小さな町が全て見渡せます。

吹き渡る風はいつも柔らかく、森と土と草の匂《にお》いを運んできます。

夏になれば蟬《せみ》の声が空を埋め尽くすように響《ひび》き渡り、秋になれば紅葉が辺りを燃えるように染め上げ、冬は凍《い》てつく風が低く足元を流れます。

西洋館が建つ〈さくらの丘〉は、そこからすぐでした。

坂の天辺《てっぺん》から少し下りたところに舗装《ほそう》もしていない脇道があり、そこを曲がると林に入っていきます。林の中のSの字にゆっくりとカーブする道を歩いていくと、林が途切《とぎ》れて急に視界が拡《ひろ》がり、その丘に出るのです。

祖母が〈私たちの学校〉と呼んでいた西洋館は、その丘の真ん中に建っていました。

学校といっても正式の学校ではなく、私塾とでもいうべきものだったのでしょう。建物もそれ用に作られたものではありません。その昔は個人の別荘だったと聞いています。

祖母はそこで洋裁と当時としては珍しく、英語を習っていたそうです。

昭和の初期に建てられたというその建物はLの字の形をしていて、ちょうどLの横棒のところだけが二階建てになっていて、正面玄関もそこにありました。わたしが幼い頃には、もう、いつ朽《く》ちてもおかしくないぐらい古い古い建物でしたが、その町を出て二十年経った今も、まったく変わらずにそこに建っています。

中庭のようになっているところには、〈さくらの丘〉の名の元になった古い桜の木がありました。いつの頃からそこに立っていたのか誰も知らず、祖母の小さい頃には既《すで》に村の名物になっていたようです。

大きく大きくその枝を四方に拡げ、そして形良く小枝を張り、季節には辺りをそれは見事な薄桃色に染めます。ひょっとしたらこの地に人が住み着くより遥《はる》か遥か古い時代からそこにあった見事な桜の木。

盛りの頃にその桜を眼にすれば、誰もが感嘆の声を上げて、同時にここは誰にも荒らされたくない、いつまでもいつまでもこのままに、と思わせたそうです。

誰が呼ぶともなく、いつ頃からも判らず、その丘は〈さくらの丘〉と呼ばれました。

その昔には、その下で桜を愛《め》でる人も多かったようですけど、今はそんなこともありません。まだ町に残るお年寄りのみなさんが、健康のためにと、町側から入っていける反対側からのゆるやかな坂を上り、今年も無事に咲いたかと眼を細め、来年もこの桜が見られるようにと願うぐらいだそうです。

〈さくらの丘〉の古い古い建物。

祖母の思い出が詰まった西洋館。

祖母が語ってくれた、たくさんの古い時代のお話。


それは、世界中が敵味方に分かれた大きな戦争が終わって、少し経った頃の話です。

この小さな田舎町で、わずか二年弱だけ存在したという小さな学校で共に泣き、共に笑い。長い人生の中で、ほんのわずかしかない少女と大人の女性の狭間《はざま》の時を過ごした、三人の祖母たちの物語。

そして、その話を受け継いだ、わたしたちの物語。

1

わたしが事の中心になってしまったのは、祖母である宇賀原《うがはら》ミツがいちばん長生きしたからです。

つまり、最後の一人だったから。

〈さくらの丘〉の、三人の持ち主の、最後の一人。

それが、祖母でした。

七十五歳。もう少し生きていてほしかったな、という年齢で亡くなってしまいました。

白内障《はくないしょう》や緑内障《りょくないしょう》やらで眼が見えづらくなってしまって、かなり苦労もしていたようですが、身体《からだ》の方はさほどの大病もせずに過ごせてきたのに、そのときはあっという間だったそうです。

「苦しまなかったのが、救いかな」

母が、小さくそう言っていました。

弥生《やよい》三月のある日。まだ春の浅いときに、祖母は逝《い》ってしまいました。

母と祖母は、つまりこの母子は、娘であり孫であるわたしから見ると少し不思議な関係でした。不思議というか、なんと言えばいいのか、親子らしくないというか。

よそよそしいとかそういうのではなく、お互いにお互いを離れて見ることが常であるような感じでした。

もちろん母子としてしっかりと良き関係は築《きず》いているんだけど、干渉《かんしょう》することをよしとしないで、お互いのことをきっちり尊重して人生を生きてきた。そういうふうに見えていました。

以前にそんな話をしたときに、母はちょっと首を傾《かし》げ微笑《ほほえ》みました。

「そうかなぁ。普通の親子のつもりなんだけど」

そう言って「おばあちゃんが独立心の強い女性だったせいかもね」と続けました。

人に頼ることを好まないで、常に自分の足で歩むことを自分に課してきた女性。それが祖母の宇賀原ミツでした。

あの時代の女性の中では珍《めずら》しかったのかもね、とも言ってました。だから、人によっては冷たい女性に見えたかもしれないと。決してそんなことはなかったのですけど。

わたしの祖父は早くに亡くなってしまったので、祖母は女手ひとつで母を育て上げたようです。そういうことが、母子の関係にも繋《つな》がっていったのでしょうか。

わたしが四歳のときに、父母は仕事の関係でわたしを連れて故郷の町を離れました。一緒に住んでいた祖母は、生まれた町から出たくないと言って、それからしばらくの間も一人で頑張っていましたが、眼が見えづらくなってから最後の三年間は、わたしの実家で父母と一緒に暮らしていたのです。

二十歳になって家を出て東京で一人暮らしを始めたわたしとちょうど入れ替わるぐらいのタイミングでした。ですから、わたし自身は実家で祖母と一緒に暮らしたことはありませんでした。

親不孝で、忙しい忙しいと言ってお正月に帰るぐらいだったわたしを、祖母はいつも笑顔で迎《むか》えてくれました。小さいときよりも、その頃の方が孫に甘い祖母だったような気がします。

わたしがどんなくだらない話をしても、それを笑みを浮かべながら真剣に聞き、何に対してもきちんと答えてくれました。歳を取っても、頭の回転の速い祖母に驚いたりもしていたのです。

その祖母が倒れたという知らせに、すぐに実家へ向かいました。

フリーのイラストレーターという職種柄、自由は利きます。むしろいつでも動けます。有名か無名かで言えば無名で、稼《かせ》いでいるかいないかで言えばその中間で、女一人で東京で心豊かに暮らしていけるぐらいには稼いでいる。まぁそれも、本業のイラストだけでは無理で、漫画家さんのアシスタントをしたり、知人の編集プロダクションで助っ人したりということをしての話で。

二十五歳の冬が終わって、この春が過ぎれば二十六歳になり、二年付き合った恋人とはついこの間別れたばかり。

自由といえばこれほど自由な身もないっていうぐらい、自虐《じぎゃく》的なギャグも飛ばせるほどフリーな立場でした。

死に目に会うことができなかったわたしは、祖母が静かに眠る布団の横でわんわん泣きました。どうしてこんなに泣けるんだろうと自分でも驚くぐらいに、声を上げて泣いたのです。きっと小学校のとき以来の、母にすがりつくということまでしてしまって。

あぁ、わたしはこんなにも祖母が、宇賀原ミツという女性が大好きだったんだと、そのとき初めて理解したのです。

後悔先に立たずというのもそのときに実感しました。もっと、もっとおばあちゃんと一緒にいて、たくさん話をするんだった。仲良くするんだった。その機会が永遠に失われてしまったと理解すればするほど、涙が溢《あふ》れてきました。

「泣きなさい」

泣けるのなら、泣けば泣くほど供養《くよう》になるから。

母はそう言って、優しく頭を撫でてくれました。その感触を思い出したのも、きっと十何年ぶりでした。

祖母の葬儀《そうぎ》を終え、その後に続く細かなことがようやく片づいて、久しぶりに親子三人の夜を迎えたとき。

母がそれを持ってきました。

「なに？」

少し厚みのある、変色した古そうな封筒。

「おばあちゃんから、あなたにって」

「わたしに？」

母は、こくんと頷《うなず》きました。

「あなたにだけの手紙だから、絶対に誰にも見せるなって」

遺言《ゆいごん》のように言われたと。亡くなる前日のことだったそうです。

「へぇ」

母は、そういう存在の手紙を不思議にも思わなかったようです。おばあちゃんはそういう人だったからと微笑みました。

「きっと、いちばん気に入っていた孫のあなたに、遺《のこ》したいものがあったんでしょう」

そう言いました。

「そうなのかな」

孫はわたしを含めて四人いました。叔母のところに二人、伯父のところに一人。年もそんなに離れていなかったので、小さい頃はよく一緒に遊びました。最近は、全員が社会人になり家庭を持ったりしてそんなに会うこともなくなりましたが。

「わたしを気に入っていた？」

「そうよ」

そんなふうには思っていなかったので、少しだけ驚きました。

「あなたが、いちばん自分に似てるって言ってた」

娘のあなたよりも、自分に似てる。そう言っていたそうです。

「そうかなぁ」

母は苦笑しながら言いました。

「そうかもしれないね」

受け取ったそれを、わたしはすっかり物置のようになっていた自分の部屋で開きました。便箋《びんせん》と、幾枚かの古ぼけた何かの書類らしきものと、一本の古い鍵。

真鍮《しんちゅう》か何かでできているのでしょうか。細く長く、鈍《にぶ》く光を放つ鍵。

「なにこれ」

そうして読み出した祖母の手紙で初めて知ったのです。祖母が〈学校〉と呼んでいたあの西洋館と、〈さくらの丘〉の土地が、祖母の持ち物になっていたことを。

「え？」

正確には祖母だけではなく、いつも話に出てきた二人の友人との共同の持ち物だと。

そうして。

「遺産？」

それらを、わたしに遺すと。わたしだけではなく、三人のそれぞれの孫たちに。

「なんで？」

はなちゃん、こと青山花恵《あおやまはなえ》さん。

きりちゃん、こと兼原桐子《かねはらきりこ》さん。

そして、祖母のミッちゃんこと、宇賀原ミツ。

小さな村で一緒に育った幼馴染《おさななじ》み。それぞれ年齢は近く、当時で十五から十七歳だったと聞いていました。祖母がいちばん年上でお姉さん役だったと。同じ年頃の娘はその三人しかいなかったので、まるで姉妹のようだったと。

その三人が、〈さくらの丘〉の、そして西洋館の持ち主になっていた。

「なんで?」

同じ言葉を何度も繰り返してしまいました。

一

〈さくらの丘〉の、横嶺《よこみね》さんのお屋敷に灯《あか》りが灯《とも》っていたと言ったのは、はなちゃん。

それを聞いたきりちゃんが眉間《みけん》に皺《しわ》を寄せて、持っていた洗濯物を強く強く握《にぎ》りしめた。九月の半ばを過ぎて、村には少しずつ冷たい風が吹いてきている。こうやって洗濯するのが気持ち良いのも、あと何週間かだろう。

「恐いこと、言わないで」

「でも本当なんだよ。ぼうっ、て、明るい灯りがお部屋の中に。あれはきっと居間のところよ」

灯っても、不思議じゃない。ちゃんと電球も取り換えているから、スイッチを入れれば点《つ》く。それは、一週間に二回きちんとお掃除に行っている私たちがいちばんよく知っている。

だから。

「はなちゃん、そんなに恐がらないでも大丈夫」

「でも」

はなちゃんは本当に恐がりだ。幽霊の、ゆ、の字を口にしただけでその口を力一杯塞《ふさ》いでくるほどに。恐がりのくせに好奇心は旺盛《おうせい》。色んなことに自分から首を突っ込んでいく。私たちの中ではいちばん年下のはなちゃん。

「恐くないよ。幽霊なんかじゃないから」

「どうして？　どうして違うって判るの」

「だって」

簡単だ。子供でも判る理屈だ。

「幽霊なら、灯りを点ける必要ないでしょう？」

ポン、と、はなちゃんが手を打った。

「ミッちゃん、頭良い」

いつも勝手に騒ぎ始めて騒々《そうぞう》しいけど、はなちゃんはとても素直な子。いつまでも子供みたいに。

「だからね」

私は続けた。

「うん」

「恐くないけど、恐い」

「どっちなの」

洗濯物をぎゅっ、と絞《しぼ》ると、私は大きく力を入れて、パン、パン、と拡げた。

「もし、本当に灯りが点いたのだとしたら、幽霊なんかじゃなくて、人間が、私たち以外の誰かが勝手に夜中に忍び込んだってことじゃない？」

はなちゃんが眼を丸くして、きりちゃんと顔を見合わせて、大きく頷《うなず》いた。

「泥棒！」

そうかもしれない。あの家にはとびきり高価な品物なんか置いてはいないけど、とても綺麗な外観だから何か金目のものがあると思われても仕方ない。

でも、この村にはあの家に忍び込もうなんていう不心得者はいない。家の持ち主である横嶺さんはこの村では名士なんだから、特別な人なんだから、そんな事を考える人なんかいない。絶対に。

「だから、外からやってきた人の仕業《しわざ》か。どうなのか」

うんうん、とはなちゃんときりちゃんが頷く。私をじっと見てる。

「どっちにしてもね」

拡げた洗濯物を、物干し竿に干した。真っ白になったブラウスは、お日様の光を撥《は》ね返してとてもきれい。私は、お洗濯が好き。汚れたものが綺麗になっていくのを見るのはとても嬉《うれ》しい。

「見てこなきゃね」

「やっぱり?」

嫌そうな顔をしたはなちゃんに向かって、笑って頷いた。

「もちろん」

それが、私たちの仕事なんだから。

横嶺さんに頼まれた仕事。

あのお屋敷を留守の間、ちゃんと守ること。


戦争は、何年も前に終わった。

私たちの村には爆撃機が爆弾を空から落とす事はなく、敵軍が大挙してやってくる事もなく、戦争は終わった。

それも、隣町からやってきた役所の人が告げに来ただけ。

「戦争は、終わった。日本が、負けた」

わずかに村に残っていた男の人たちは泣いていた。女の人たちは唇を噛《か》みしめたけど、すぐに晩ご飯の支度にかかっていた。たぶん、悔《くや》しさを押し隠すために。安堵《あんど》した事を隠すために。

役所の人は、役場を再開するからと帳面や書類などを持ってきて村長さんに渡した。もう、避難訓練をする必要はない。疎開《そかい》にやってくる人を受け入れる事もなくなる。竹槍《たけやり》を持って校庭を走り回る必要もない。

そして、それと一緒に普通に暮らす日々が戻ってきた。戻ってきたけれど、村には年寄りと女子供しかいなくなっていた。

だから、ちゃんと勉強した私たちが村の役場の仕事をするのは当たり前だ。読み書き算《そろ》盤《ばん》がきちんとできる若い女の子は私たちしかいないんだから。本当は新制高校にもちゃんと行ってもっと勉強したかったけれど、しょうがない。そんな余裕はどこの家にもない。

戦争で死ななかっただけましだ。

空襲がなかっただけましだ。

これで、若い男たちが帰ってきてくれればそれ以上の幸福はない。

そんな風に、村の皆が言っているけど、それよりもっともっと幸福なことはこの世にきっとあるんじゃないかと思う。

でも、そんな事は言えない。若い女の子がそんな事を言ってはいけない。それぐらいは判ってる。判ってるけど、思う事や願う事は自由だ。

役場には、毎日色々な連絡が入ってくる。

窓ガラスをきちんと購入して学校全部の窓に入れるように、とか、男女共学の完全実施、とか、国民の休日がこんな風になったから通達するように、とか、すぐ近くの市では十八歳未満の夜歩き禁止条例ができたのでそれを考えておくように、とか。

町は、きちんと復興《ふっこう》して、そして凄《すご》く発展しているんだろうなと思う。夜歩きするって事は、それだけ電灯の数がたくさんあるって事なのじゃないか。夜歩きしたくなるほど、何かがあるという事なんじゃないか。ここで夜歩きなんかしたら狸《たぬき》や狐《きつね》に化かされるだけだ。

畑仕事をすることは全然苦にならないし、役場の仕事を手伝うことも嫌いではないけれども、そういう賑《にぎ》やかなところに行ってみたいなって思う。

どうせ働くのなら、町に出て、働きたいって。

「さ、行こう」

まだ夏の陽差《ひざ》しは残っているけれども、少しずつ日は短くなっている。秋の陽はつるべ落としだ。暗くなる前にさっさとお屋敷に行かなきゃならない。きりちゃんとはなちゃんと一緒に役場になっている小学校の門を出た。

　横嶺さんからは、何の連絡もない。戦争中に一度だけ手紙が来たけど、それっきりだった。だから、約束のお金も何も貰《もら》っていない。貰っていないけど、約束したんだからそれは守らなきゃって思ってるし、何より、あの家を自分の持ち物のように自由に使えるのは、嬉しい。

　ステンドグラスはとてもきれいだし、肉厚の窓ガラスを通して見る外の世界はなんだか変わって見える。自分の住んでいる村とは思えないぐらいに雰囲気がある。書斎に置いてあるたくさんの本は違う世界のことを色々教えてくれる。

掃除をしているときには、どこで休んでも良いし好きな事をしていい。この村どころか、きっと町にもそんなにはないだろう広くてたくさんの食器がある台所で料理をしたっていいのだから。

「誰か、呼ばなくてもいい？」

　歩き出したら、きりちゃんが言った。

「もし、本当に泥棒だったら」

「大丈夫だよ」

　遠くから見て、何か異変があるようだったら、誰かを呼べばいい。そう思っていた。

「鍵が壊されているとか、窓ガラスが破れているとかね」

任《まか》されているんだから、自分たちでちゃんとしなきゃと思っていた。大体私は責任感が強過ぎるって言われた。強過ぎて頑固《がんこ》だと思われるから気をつけなさいと祖母には言われている。そうかもしれない。女の子は、頑固じゃない方が可愛いのだろうと思う。たとえば、きりちゃんやはなちゃんのように。

でも、自分の性格なんかそんな簡単に変えられるはずもない。

お屋敷がある〈さくらの丘〉に続く道は、以前はきちんと小道ができていたけど、今は誰もお屋敷には行かないから草が伸び放題になってしまっている。けもの道と言ってもいいぐらいだ。

「ここの草刈りもしなきゃね」

「そうだね」

「昼間のうちにしようね」

はなちゃんが笑って言った。はなちゃんは、鼻がツンと上を向いていて愛嬌《あいきょう》がある。きりちゃんは、眼がすっ、と細くて涼《すず》やかだ。私は、眼が真ん丸で犬みたいだって言われてる。一つ違いで順番に並んでいるから、年子の姉妹みたい。いつも、幼い時から、ずっと一緒にいる三人娘。

我が村の自慢の娘っ子たちと皆言ってくれるけど、どうなのだろう。ただ若い娘っていうだけだなとは思うのだけど。

お屋敷まで続く、林の中の長い緩《ゆる》やかな細道を、草を踏みしめながら歩いていった。まだ山並みに陽が沈《しず》むには時間がある。稜線《りょうせん》に沿って紫色の雲が見えてきたら急がなきゃならないけれど。

林の中を抜けて、開けた〈さくらの丘〉に出て、お屋敷がはっきり見えるところに出たとき、先頭を歩いていたきりちゃんが声を上げた。

「ミッちゃん、あれ！」

指差した。

「あれ？」

はなちゃんが、同じ言葉で応えた。私も眼を大きくして見つめてしまった。

誰かが、いる。

誰もいないはずの、村の誰も近づかないはずの横嶺さんのお屋敷のところに。

玄関も開いているのが判った。

「女の人」

それに。

「男の人」

あれは。

まだ強いお陽様の光に、その人の髪の毛は輝いていた。きらきらと光を撥ね返している。私たちの黒い髪の毛とは、まったく違う色の髪の毛。

金髪。

「外人さん？」

私たちの住む国とは、違う国から来た人。

2

「へえ」

おもしろそうだ、という笑顔を浮かべて、楓《かえで》さんは頷きました。

「興味津々《きょうみしんしん》だね」

四十歳になったというのに、いまだに独身。

わたしの叔父さんの楓さん。

さらさらとした髪の毛に、中年太りとは無縁な細身の身体。整《ととの》った顔立ちと柔らかな微《ほほ》笑《え》みはわたしなんかよりはるかに女らしく、楓という古風な、しかも女性のような名前が妙に似合うフェミニンな人。

でも、別にそういう人ではなくて、ちゃんとしたっていうと差別かと怒られるかもしれないけど、男性です。

「まるでミステリー小説だね。遺された遺言状と謎の鍵か」

「おばあちゃんらしい、のかな」

「小粋《こいき》な人だったからな、ミツさんは」

父方の叔父ですから、母方の祖母とはもちろん血縁関係はありません。それでも、盆暮《ぼんく》れ正月や、あるいはそれぞれの縁故者《えんこ》の冠婚葬祭《かんこんそうさい》などの様子を見ると、お互いに気が合うようにも思えました。楽しそうに話しているところを何度も見かけました。

わたしから見ても、祖母とこの叔父はどこか似た者同士かなと思っていました。

飄々《ひょうひょう》としていて、超然としていて、世の中のごたごたしたことなんかさらりと後ろに流してしまって一人生きていくような人。

誰かに相談してみようかなって考えたときに、すぐに頭に浮かんだのが、父や母ではなくこの楓さんでした。

「だって、娘であるお母さんにでもなく、わたしに遺すってことは、なんか事情があるってことよね」

その点について祖母は手紙には何も書いていませんでした。

「まぁそうだな」

楓さんは頷きます。

普通なら、土地などの財産は子供に遺される。それはつまり祖母の子である母の元へ。そこを飛ばしてわたしに遺すこと自体は、遺言書さえしっかりしてあれば法的には何の問題もないはずだけど。

「僕も法律家じゃないけど、確かそのはずだよね」

まぁその辺はちゃんと調べなきゃならないけど、と続けます。

「すると、三人のおばあさんがその土地と西洋館の持ち主になっていて、それをそれぞれ三人の孫に遺した、と」

「そう」

「最後の一人だったミツさんが死んでしまったのだから、早急に手続きとかしなきゃならないわけだ」

「そういうこと」

詳《くわ》しいことは全然判らないけど、土地の権利とはそういうものなんだっていうのは、なんとなく判ります。

「と、すると、この鍵はあの西洋館の鍵ってことだな」

そうだと思います。それしか思い当たりません。

「秘密の宝箱があったりして」

「まさか」

それはそれで楽しそうではあるけれども。

「手紙には、二束三文の土地だからもめることもないって書いてあったんだけど」

「うん」

まぁ、そうかな、と楓さんも頷きます。

「あの田舎ならそうだろうね。丘ひとつ分の土地といっても本当に何もないところだし、相続税とか贈与税とかいってもまぁそんな大変なものでもないだろう」

放浪癖《ほうろうへき》のある楓さんは、わたしたちの故郷にも行ったことがあるし、詳しくは聞いていないけど何週間もそこで泊まってきたこともあるはず。

「推測だけど、あそこなら丘ひとつ売ったところで、百万いくかいかないかってところ。まぁ数十万だろうな」

一財産できるぐらいなら、それはもうドラマみたいな血族のいざこざがあるんだろうけど。よほどお金に困った人ならともかく、母に話したところでわたしとの親子関係がぎくしゃくすることはないだろう。

「なにはともあれ、どういうことなのかきちんとしてから、お母さんに話すと」

「うん」

「賢明だな」

さすが僕の姪《めい》っ子だと楓さんは笑った。

「それで？　他の二人のお孫さんっていうのは？」

青山花恵さんのお孫さんは、志賀紗代《しがさよ》さんで、現在はたぶん三十一歳。兼原桐子さんのお孫さんは西野香織《にしのかおり》さん。今は二十歳。祖母の手紙は三年前に書かれたものなので、そこから計算してみるとそんな感じです。


「みんな、女性なんだ」

「そうなの」

それは、偶然なのかどうなのか。そして。

「おばあちゃんが亡くなったときに、この手紙と同じようなものを二人にも送ったんだって」

「誰が」

「お母さんが」

祖母にそう頼まれたそうです。楓さんは、ふーん、と顎《あご》に手を当てて考えています。

「ってことは、同じような事情がその二人の、紗代さんと香織さんにも説明されたんだろうな。たぶん二人のおばあさんはもう亡くなっているんだろう」

「そう思うよね？」

「思う思う」

きちんと、この三人のおばあちゃんは用意していた。最後に残った一人が死ぬときに、それがきちんと孫たちに説明されるように。楓さんの顔がどんどん真剣になっていきました。

「それ相応な事情があるんだろうな」

「でしょ？」

「何故《なぜ》、その土地建物を、三人の共同名義で手に入れたのか。何故、それを三人の子供ではなく、孫に遺すのか」

「なんで三人の孫が女性なのか」

それは、と首を捻《ひね》りました。

「たまたまだろう。まさか産み分けさせるわけにはいかないし、そんな技術はない」

「そうよね」

うん、と大きく頷きます。

「何はともあれ、志賀紗代さんと西野香織さんに連絡を取るべきだろうね」

「うん」

電話番号も書いてあった。二人とも携帯番号も書いてあったから、たぶんすぐに連絡は取れるでしょう。

「ちょっと恐いんだけど」

そもそも、わたしは人見知りの傾向があります。極端なわけではなくて、ちゃんと社会生活が営《いとな》める程度には社交性を身につけてはいるけれど。イラストレーターなんてことをしているのも、一人でできることだから。まったくの赤の他人に、こんなことで連絡を取るなんていうのは、ちょっとブルーが入るぐらい。

そんなことないさって、楓さんは笑います。

「祖母の遺言なんだからって言えば、まともな神経の人なら、あちらさんだってちゃんと応対してくれるよ」

「そうかな」

「そうだよ」

楓さんの方を見ました。

「なんだその捨てられた子犬のような眼は」

「だって」

「いくつになった？」

「二十五」

立派な大人の女性だろう、と楓さんは言いました。

「それは、そうだけど」

何はともあれ、まずは連絡。そう楓さんは笑いました。

「その後、どうしても手に負えないようなことや、男手が必要なことがあったときには手助けしてやるよ」

案ずるより産むが易《やす》し。

大丈夫でした。志賀紗代さんも西野香織さんも、わたしからの連絡を待っていたのです。本当に二人とも「待っていました」という言葉を使ったのです。

幸いにも三人とも住所は近く、志賀紗代さんは横浜で、西野香織さんは埼玉。それならば、わたしが実家から東京に戻るのを待って、どこかで会おうということになりました。

それまで、まったく知らなかった縁もゆかりもなかった三人が、三月のある土曜日の午後二時。神楽坂《かぐらざか》駅の近くのカフェで会うことになりました。

楓さんにもそう伝えると、じゃあオブザーバーってことで一緒に行ってあげると言ってくれました。

楓さんは、仕事をしていません。

冗談ではなく、大学を卒業したその年になんと〈宝くじ〉が当たったのです。それで仕事なんかしないでふらふらしています。世間体が悪いので、一応フリーライターという名刺を持ち、知人から回してもらってそういう仕事をしてはいますが、ほとんど形だけだそうです。

贅沢《ぜいたく》さえしなきゃ、このまま死ぬまでふらふらしていられる。そしてそれは小さい頃からの楓さんの夢だったそうです。

「何もしないで、ただ、生きていたい」

一見、理想的な暮らしのようにも思えるけど、父に、つまり楓さんの兄に言わせると、男としてそれほどだらしなくも辛い人生はないと言います。

「人間は、何かをするために生まれて生きていく動物だ」

そう言いました。何か生きがいがなければ生きていけないはずだと。それは、そうかもしれません。確かに働かないでお金があるならそれに越したことはないけど、でも、何にもしないっていうのはキツイと。

自分にはとてもできない。だから、弟のことをしようがない男だとは思うけど、同時にある意味尊敬してると。

「あいつは、それで心が貧しくなっていない」

希有《けう》な存在だと言うのです。それほど立派なものではないけど、弟のことを他人にとやかく言われたくもない。そう言っていました。

待ち合わせしたカフェで、楓さんはひとつ離れたテーブルに座りました。

「オブザーバーだから、とりあえず話を聞いているだけ」

必要なときには呼んで、と。

紗代さんは、優しそうな人でした。髪の毛がくるくるしていて、きちんとスーツを着こなし生活に疲れた様子もなくて、笑顔が柔らかな女性。

香織ちゃんは、いかにも大学生という感じで現れました。流行《はや》りのミュールに細身のジーンズに、華《はな》やかな口紅の色。背がすごく高くてモデルみたい。それでも、その瞳には強い意志を感じました。頭の良さそうな女の子。

わたしが三十分も早めに来て待っていると、二人はほとんど同時に店に入ってきて、すぐに、あ、この人だって判りました。直感で。

それで、三人でテーブルの前に立ってお辞儀《じぎ》をして、なんだか笑い合ってしまったのです。

すぐに、空気が和《なご》んだのはどうしてなのかは判りません。でも。

「きっと、おばあちゃんに話を聞いていたからだと思う」

香織ちゃんがそう言いました。すぐにそうね、と紗代さんも手を合わせました。

「私も、聞いていたの。〈学校〉のことは」

ミッちゃんと、きりちゃんと、はなちゃん。

そして、ロンさんとけい子さん。

五人で、あの西洋館で過ごした日々のこと。

「きっと、そのことで連絡があるからって言われてたわ」

紗代さんが言いました。紗代さんのおばあさん、はなちゃんが亡くなったのは三年前だそうです。

「誰かから、必ず連絡がある。そのときにはよろしくねって」

「ワタシもー」

香織ちゃんも頷きました。香織ちゃんのおばあさん、きりちゃんが亡くなったのは一年前。わんわん泣いたそうです。大好きな大好きなおばあちゃんだったって。それを聞いた紗代さんも頷きました。心なしか、瞳が潤《うる》んでいました。

「わたしも、そうだったんです」

おばあちゃんが大好きだった。つまり、三人ともある意味ではおばあちゃん子だったと。そういうものが、そういうことが、初めて会った年齢も違う三人の間に流れていて、空気を和ませてくれた。そういうこともあるんだろうと、納得できました。

それぞれに持ち寄った手紙をテーブルの上に拡げました。そして、三人で驚いたのですが、鍵もそれぞれにあったのです。

同じような形だけど、少しずつ違う三本の古い鍵。

「おばあちゃんが死ぬ前にくれたんです。ゼッタイになくさないようにって」

香織ちゃんが言うと、紗代さんも頷きます。

「どこの鍵なんでしょうね」

「普通に考えれば、ひとつはその建物の玄関の鍵」

だと思います。三人で頷き合いました。でも、他の二つの鍵は。

「裏口とか、部屋の鍵とか？」

それもあるかもしれませんけど、見ているだけでは何も判りません。とりあえず手紙に書いてあったことを読み合って確認しました。紗代さんがいかにも使い込んでありますって感じの手帳を拡げました。お仕事は、なんと社長秘書。

「といっても、社員十三人の零細企業」

つまり、社長秘書兼事務員兼お茶汲《く》み兼その他もろもろ。ペット関連の会社で、フーズからグッズまで何でも扱う会社だとか。犬猫などなどに関するものが欲しかったら何でも言ってね、というと、香織ちゃんが喜んでいました。実家で猫を飼っているそうです。

「じゃあ、まとめるとこういうことね」
・〈さくらの丘〉の土地と建物は間違いなく三人の祖母のものであると思われる。
・三人とも、それぞれの孫にそれを遺したいと遺言している。
・三人の孫が土地や建物をどうするかは話し合って決めてもらって構わない。
紗代さんの読みやすい文字を前に、うんうんと頷きました。そういうことです。

「何も、問題ないんですよね？」

香織ちゃんが訊《き》きました。

「たぶん、ね」

「そうね」

一応、社会人であるわたしと紗代さんは頷きました。

「問題は、三人とも亡くなってしまったので、土地の権利移譲《いじょう》に関して手続きをしなきゃならないってことかな」

乏《とぼ》しい知識だけど、と、紗代さんが続けます。

「土地に関しては、所有者が死去した場合、法律上では配偶者もしくは子供に権利があるはずだから」

子供であるわたしたちの親にはもちろん確認を取らなきゃならないし、書類上の手続きも必要なはず。それは早い方がいいけど、今すぐ早急にということではなかったはず。

「固定資産税の支払いとかがあるから、そういうことが表面化する前に手続きしておいた方がいいだろうけど」

紗代さんも別に専門家ではないけど、まぁそれが一般常識だろうと。

「でも、疑問が」

紗代さんは手帳に書きだしました。

・どうして、三人の祖母が共同で土地と建物を手に入れていたのか。
・どうして、三人の孫に遺そうと決めていたのか。

「この二点よね」

「そうですね」

うむ、と香織ちゃんは腕を組みました。あまり女の子らしくない仕草です。さっきからちょっと思っていたけど、香織ちゃん、モデルさんみたいにきれいなのに、仕草がいちいち男っぽいんです。

「あの」

「なぁに」

香織ちゃんが、悪戯《いたずら》っぽく笑いました。

「そこに、行ってみませんか？」

「〈さくらの丘〉に？」

うんうん、と頷きます。

「ワタシ、写真とかは見たけど行ったことないんです」

そもそもあそこは香織ちゃんにとっても紗代さんにとっても生まれ故郷ではないそうです。おばあちゃんが暮らしていたところ、というだけ。

「自分のものになったんだから、あ、なるのなら見てみたいし」

何より、と続けました。

「おばあちゃんの、思い出を確かめたい」

話に聞いていた、豊かな自然。丘の上にぽつんとある洋館。楽しそうな少女時代の日々。そういうものを、この眼と身体で確かめたい。そう言いました。

「そうね」

紗代さんも頷きました。

「そこに行けば、ひょっとしたらこの疑問も解決するかも」

何より、と紗代さんが続けます。

「三人にそれぞれ分けて遺した三本の鍵は何なのか」

「そうですね」

わたしも、頷きました。

何もかも祖母から聞いていたようにも思うけど、もちろん聞いていないこともあります。何故、あの西洋館が祖母たちにとっての学校になったのか、そしてたった二年弱で閉じてしまったのか。

そもそも、終戦後というあの大変な時代に、どうしてあんな田舎町にアメリカの人がいて、英語を教えていたのか。西洋館で、英語と洋裁を教えていたというロンさんとけい子さんというのは、何者なのか。その後、どういう人生を送っていったのか。

そういうことの答えは、わたしの中にはありませんでした。祖母から聞いた思い出の中には入っていません。

それは、紗代さんも香織ちゃんも同じでした。

「ひょっとしたら、三人が共同で土地を持つことになったのも、ロンさんとけい子さんがその後どうなったのかに関係してくるのかもしれないわね」

紗代さんが言いました。そうかもしれません。普通に考えるなら、〈横嶺さん〉という名前だけ知ってるその家の持ち主が、土地も持っていたはずです。

「おばあちゃんたちが〈横嶺さん〉から土地を買ったんですよねきっと」

「あ」

香織ちゃんが言うと紗代さんが何かに気づいたように、封筒の中に入っていた土地の書類をそっと拡げました。

「うっかりしていたけど、三人が土地を手に入れたのって、すごい昔なのよね」

そうです。

「思い出話なんかも考え合わせると、まだおばあちゃんたちが二十歳になる前」

「そこなんだ」

じっとわたしたちの話を聞いていた楓さんが、隣の席から声を掛けてきました。

「どなた？」

「誰？」

紗代さんがまるで不審者を見るような眼付きで楓さんを見ました。香織ちゃんにも睨《にら》まれてしまいました。

うっかりしてました。

「すみません、わたしの叔父なんです」

「叔父様」

父の弟なので、祖母とは血の繋がりはないけど仲が良くて、わたしも日々いろいろと相談に乗ってもらっているので来てもらったと説明します。もともと見目も良くてしかもフェミニンな楓さんですから、すぐに雰囲気は良くなりました。

「話を戻すと、僕もそこがいちばんの疑問だったんだよね」

その時代、戦争が終わって十年も経たない頃、まだ二十歳前の娘たちが土地を手に入れるなんていうのは、よっぽどのことだったはず。

「確かに、そうですよね」

紗代さんも顔を顰《しか》めて頷きます。その時代のことは物語やドラマや映画でしか知りませんが、女性の地位だってかなり低いものと思われていたはず。

「やっぱり、行かなきゃ！」

調べなきゃ！　と香織ちゃんが嬉しそうに言いました。行動派のようです。

＊

話を進めていくうちに、楓さんもボディガード代わりに同行することになって、車も出してくれることになりました。まったく詳しくないわたしはよくわからないのですけど、ボルボというとても頑丈《がんじょう》な車なので安心して、と言ってました。

「どれぐらい向こうにいますかね？」

香織ちゃんが腕組みして言いました。

「一週間ぐらい、かしら」

紗代さんが、小さく頷きながら言います。

「そんなに？」

香織ちゃんは一泊とかそんな感じで思っていたそうです。

「一泊ぐらいでただ見てくるだけだったら、雁首揃《がんくびそろ》えて行かなくても、誰かが代表して行ってビデオでも撮《と》ってくれればいいでしょう？」

「そっか」

行くからには、きちんと何もかも調べて帰ってきたい。紗代さんはそう言いました。

「それには、余裕を見て一週間ぐらいは」

「そうですね」

わたしはイラストレーターというフリーな職業なのでいつでも良かったのですけど、紗代さんは会社勤めのしかもスーパー雑用係の社長秘書。香織ちゃんは大学生ということで時間はどうにでもなる。検討した結果、紗代さんは今なら忙しくなる前なのでなんとかなるとのこと。

「すぐに行きましょ。善は急げ」

「泊まるところは？　旅館とかあるのかなぁ」

香織ちゃんがわたしを見たので、軽く首を横に振りました。

「あの町には旅館もホテルもないの」

観光になるものも何もない、谷あいの町。そろそろあそこは限界集落と呼ばれるようになってしまうんじゃないでしょうか。ひょっとしたら、もうそう呼ばれているのかも。わたしがそう言うと、楓さんが手を上げた。

「西洋館に泊まればいいんじゃないのかな」

三人で、楓さんの顔を見てしまいました。

「西洋館に？」

そう、と楓さんはにっこり笑いました。

「確か、五、六年前に行ったときにはまだきちんとしていた」

「行ったの？　どうして？」

「旅してる途中で寄ったんだよ」

そうでした。楓さんはいつもあちこちをふらふらしています。

「今にも朽《く》ちそうな古い建物だけど、荒れ果ててはいなかった。近くに行って確かめてはいないけど、誰かが今も管理している雰囲気があったよ」

そう言われてみれば、そうです。わたしが最後にあそこを見たのは、もう十年以上も前ですけど、そのときも、たとえば入るのも怖い廃墟《はいきょ》のような感じはありませんでした。きちんとしていました。

「ミツさんの性格を考えても、わざわざ君たちに遺そうとしているものを、ボロボロに朽ち果てさせるような真似はしないと思う。おそらくは年に数回は掃除や修復を誰かにさせている可能性が高いと思うな」

「そう、だね」

わたしも頷きました。祖母なら、そうするような気がします。紗代さんも香織ちゃんも同じように感じたようで、笑顔で確かにそうだと言います。

「うちのおばあちゃんは、ものすごい厳格な人だったから」

紗代さんが言いました。

「ワタシのおばあちゃんは、口やかましかったー。特にお掃除とかお洗濯には」

香織ちゃんもそう言って、楓さんは我が意を得たりというふうに頷きます。

「だったら決定だ。一週間、西洋館で暮らすと考えて準備をすればいい」

何より、と言って、にやりと笑います。

「今や、君たちの持ち物なんだから、誰に遠慮する必要もないんだ」

楓さんが、失礼、と言ってテーブルの上に置いてあった鍵を取り上げました。

「念のためにそれぞれに複製を作っておこう。現地で壊れてしまったり、なくなっても困るしね」

皆がそれに同意していました。

今も誰かが管理をしていると考えるのなら、水道や電気は来ているはず。ガスは判らないので、軽いキャンプをするつもりで準備をすれば問題ないだろうと楓さんは言いました。

実は楓さんは、その風貌《ふうぼう》に似合わず、アウトドアの達人です。ふらふらしている人間は自然とそういうものに眼が行くもんだ、と前に言っていました。

「コンロに寝袋、エアーマットに毛布、虫よけの蚊帳《かや》に鍋釜《なべかま》の類い、とにかく全部揃ってる。雨露はしのげるんだから、快適な環境になること請《う》け合うよ。寝具の数が少し足りないけど、それは僕が買い足しておくから」

「いいんですか？」

紗代さんが、少し眼を細めながら申し訳なさそうに訊《き》きました。

「大丈夫ですよ」

まだ、楓さんがどういう人間なのかを説明してなかったので、わたしが答えました。

「楓さん、こう見えても甲斐性《かいしょう》がある男なので、心配いりません」

紗代さんも香織ちゃんも、笑って頷いて、お言葉に甘えさせていただきます、と頭を下げました。

「じゃあ、後は何も問題ない。当日に車でピックアップするよ」

わくわくしていました。あの西洋館に泊まることができるなんて。

二

外人さんを見たのは、それが初めてだった。

話には聞いていたけど、本当に、まるでお陽様の光に染まったかのような金色の髪の毛、そして青空が染《し》みたかのような青い眼。

自分たちとは、まったく異なる外観の人間。

私たちに気づいた二人は一瞬強張《こわば》り、逃げるような姿勢を見せたけど、すぐにそれは消えた。女の人が何かを男の人に言い、こちらを向いた。

気がついたら、はなちゃんは私の後ろに隠れて服の裾《すそ》をぎゅっ、と握《にぎ》っていた。きりちゃんは拳《こぶし》をぎゅっと握って真っ直ぐ見ていた。

「ミッちゃん」

「どうしよう」

一瞬、迷った。もし、私たちを見つけた女の人が、優しそうな笑顔と仕草で手招きしなかったら、きっとはなちゃんは踵《きびす》を返すようにして逃げ帰っていたかもしれない。きりちゃんも躊躇《ためら》いながらもその後を追っただろう。

アメリカ人は、鬼でも畜生《ちくしょう》でもない。それは、学校の岡島《おかじま》先生から聞いていた。敵味方として戦ってはいるけれども同じ人間だと。

　でも、そう聞く前から私には判っていた。

だって、私は、ラジオから流れてくるジャズという音楽が好きだったから。あんなに楽しくて悲しくて美しい曲を作る人たちが、鬼や畜生であるはずがないっていつも思っていたから。

「大丈夫よ」

「でも」

　はなちゃんは、震えていた。きりちゃんは、大丈夫だ。ちょっと構えているだけだ。

「はなちゃん、ちゃんと見てごらん」

「え？」

「あの人の笑顔、とても優しいから」

　女の人の方もそうだけど、外人さんの、たぶん、アメリカ人の男の人の笑顔も、とても優しかった。こちらを見て、顔いっぱいに笑みをたたえていた。どこの国の人間だろうと、同じ人間だ。同じように喜怒哀楽《きどあいらく》があるはずだ。だから、笑顔があんなに優しい人に悪い人なんかいるはずがない。

歩き出した私の後ろに、はなちゃん。きりちゃんはおっかなびっくり、私の腕を摑《つか》んで横に並んでいた。男の人も、女の人も、笑顔を絶やすことなく、玄関のところに佇《たたず》んで、私たちが着くのを待っていた。

「こんにちは」

「こんにちは」

女の人が、ほんの少し首を傾げるようにして言った。それから、外人さんも口を開いた。

「こんにちは」

ちょっと驚いた。ちゃんとした日本語だったから。とても背が高かった。きりちゃんのお父さんはこの村でいちばん背が高いけど、たぶんそれより五寸は高いと思う。文字通り見上げるような背の人も、初めてだった。

「村の子よね」

「はい」

まるで、以前に村祭りのときに上映された映画の中で、あの女優さんが着ていたような薄い黄色のワンピースの裾《すそ》が、ふわりと風に揺れた。

「ひょっとして」

女の人は私に向かって急に親しげな笑みを見せた。

「あなた、ミッちゃん？」

今度はすごく驚いた。どうして、私の名前を。

「宇賀原のミッちゃんね？」

「そうです」

「じゃあ、あなたは青山のはなちゃんと、そして、兼原のきりちゃんね」

はなちゃんもきりちゃんも、眼を丸くして頷いた。幾《いく》つぐらいだろう。二十を越えて、まだほんの少しだろうか。それとももう少し上だろうか。お化粧がとても上手なのでよく判らない。でも、明らかに、街の、私たちが知らない大きな街の匂いをその身に染み込ませた女の人。

「覚えてないかしら？　十年ぐらい前にはこの村にいたんだけど」

ニコッと笑ったその笑窪《えくぼ》。

「あ」

突然、浮かんできた。

「金崎《かねざき》のお姉さん」

けい子さん。

私が言うと、はなちゃんもきりちゃんもぴょん、と飛び上がった。覚えている。忘れるはずがない。村いちばんの美人と評判だったのに、あの事件で、村を追われた金崎さん。

金崎さんは地主だった。村でいちばん大きな家に住んでいた。立派な門構えで村で唯一の家を巡《めぐ》る長い塀《へい》があるお屋敷のような家。その塀をよじ登って勝手に入ることは禁じられていたし、当時はそんな悪戯をする子もいなかった。村祭りをするのには金崎さんの許可が必要だったし、村芝居の配役を決めるのも金崎さん。正月に皆の家に餅《もち》や樽酒《たるざけ》を振舞うのも、収穫《しゅうかく》の時に人手を手配するのもそう。とにかくこの村の全てが金崎さんを中心に回っていた。

事情を知ったのは、ずっとずっと後のことだ。

その家で起きた、事件。

近親相姦《きんしんそうかん》の果ての親殺し。

それがどんなに醜悪で悲惨で衝撃だったか。理解できるようになったのはつい最近のことだ。口に出すことさえ憚《はばか》られるから話し合ったりはしないけど、はなちゃんともきりちゃんとも、遠回しに確認し合ったことがある。

でも当時は、私たちはまだ小さかったから、どうして金崎のお姉さんが、けい子さんが突然村からいなくなってしまったのかよく判らなかった。ただ、いつも私たちに優しくて、遊んでくれて、色んな事を教えてくれていた綺麗なお姉さんがいなくなっちゃった、と金崎の大きな家の前で泣いたことを今も覚えている。きりちゃんも、はなちゃんもそうだ。

金崎の家は呪《のろ》われている。絶対にあの家には近づくな。もしどうしても家の前を通らなきゃならないときには忌《い》み封《ふう》じの印を結びながら歩け。

今もそんな風に言われている。

「どうして」

戻ってこられるはずはない。

いくら戦争で男の人がほとんどいなくなったとはいっても、村にはまだ年寄りはたくさんいる。あの事件をしっかりと覚えている。既に朽ち果てたようになっている金崎の家の前を通りかかるどころか遠くから視界に入るだけで、顰めっ面をして忌み封じの言葉を大声で吐く人だっている。

もし誰かに見つかったら、ひょっとしたら、村が穢《けが》れると殴《なぐ》り殺されるかもしれない。

それぐらいのものなのに。

それなのに。

金崎のお姉さんは、けい子さんは、困ったような顔をしてから微笑んだ。男の人は、静かに微笑みながら私たちを見ている。けい子さんが何か英語で言うと、ほんの少し迷うようにしてから、静かに頷いた。

「ここは、今も横嶺さんのお宅よね」

「そうです」

「ひょっとして、ミッちゃんたちが、お掃除とかしているの？」

頷いた。

「横嶺さんに頼まれて、私たち三人でしています」

じゃあ、とけい子さんは少しほっとしたような笑みを見せた。

「ミッちゃんたち以外は誰も、ここに来ないわよね」

今度は少し考えてから、頷いた。

「来ません」

今はもう九月だ。桜の季節には、あの桜を見に来る人はいるけど、それ以外の季節はまず来ないと言っていい。小さな子供たちはあの家に行ってはいけないと教えられる。もし近寄ったら鬼に喰《く》われるとまで言われる場合もある。もう少し大きな子には、警察や軍人に捕まると言う。もちろんそれは金崎の家とは違って、横嶺さんの持ち物であるこの家を子供たちが荒らしてしまわないようにするための方便なのだけど。

私たち以外にここに来るのは、役場の仕事をしている君島《きみじま》さんぐらいだ。それも私たちが手に負えない、大事《おおごと》の大工仕事ぐらい。君島さんは元々が大工さんだから。

けい子さんが、空を見上げた。男の人の腕を優しく取って、そこにあった腕時計を見た。

「まだ、晩ご飯の支度をするまでには時間があるわよね」

「はい」

「少し、お話しできるかしら。家の中で」

中庭に面した、桜の木が見える部屋。私たちが応接室と呼んでいるところに座ってもらった。ここには小豆《あずき》色で天鵞絨《びろうど》張りの椅子《いす》と、猫脚のテーブルが置いてある。ときどき、私たちもここでお茶を飲むのだ。きれいな金飾りのティーカップを使って。もっとも、注ぐのは普通の煎茶《せんちゃ》。前に映画で観たような紅色の紅茶なんか、飲んだことも見たこともない。

少し色味を帯びてきた陽が差し込む応接室で、待っててもらった。私たちは三人で台所に行き、大急ぎで竈《かまど》に火をいれて、お湯を沸《わ》かした。

「ミッちゃん」

「うん」

「大丈夫だよね？」

きりちゃんが心配そうな顔をして訊いてきた。はなちゃんは不安そうな顔をしている。

「大丈夫だよ」

「でも」

「勝手に人を家の中にいれたりして」

「外人さんなのに」

「けい子さんだけど、でも金崎の」

私は、笑ってあげた。

「きりちゃんもはなちゃんも、気づいてないの？」

「何が？」

「けい子さん、この家の玄関の鍵をちゃんと開けていたんだよ？　ここの鍵で」

二人の口が、「あ」という形に開いた。

「けい子さん、鍵をちゃんと持っていたもの。ということはね」

「横嶺さんに？」

きりちゃんが、ポンと手を打って言ったので頷いた。そうとしか思えないではないか。

「横嶺さんは東京にいるんだし、けい子さんのあの様子から考えると、東京から来たって考えるのが妥当《だとう》よね」

そうだね、と、きりちゃんが頷いた。

「どういう事情かは判らないけれど、けい子さんは横嶺さんからここの鍵を預《あず》かってきたんだよ」

たぶん、だけど。けい子さんがここの鍵を持っている理由は、その他にも色々考えられるけれど、とりあえずそういうことにしておいた。きりちゃんとはなちゃんを不安がらせてもしょうがないから。

お茶を運んでいくと、二人は窓際に立って、中庭を眺《なが》めていた。

「綺麗ね」

けい子さんが振り返りながら言った。

「三人で、庭をきちんとしているの？」

「はい」

それも横嶺さんのお願いだった。もちろん私たちは園芸家でもなんでもないのだから、特別なことはできないけど。

「季節の花が、きちんと咲くようにしておくってことだけですけど」

梅に水仙《すいせん》、沈丁花《じんちょうげ》。

ねこやなぎに菜の花にこぶしの木。

春になったら山吹《やまぶき》に雪柳《ゆきやなぎ》に花水木《はなみずき》、つつじに木蓮《もくれん》に薔薇《ばら》。

夏には花菖蒲《はなしょうぶ》、紫陽花《あじさい》、朝顔にさるすべり。

秋冬には彼岸花《ひがんばな》、金木犀《きんもくせい》に南天《なんてん》。

山には栗にどんぐりに銀杏《いちょう》、山茶花《さざんか》。柿の木だってある。

桜は、特別。

この中庭は、というよりお屋敷は、ここの桜を中心に建てたといっても過言ではない。中庭に面したどの部屋からも、あの立派な桜の木が観られるようになっているのだ。そういう風に造られた家なのだ。

「素敵だわ。ミッちゃん、あの頃からお花がとても好きだったものね」

けい子さんは、懐《なつ》かしそうに言った。そんなこと、覚えていないけど、そうだったのだろうか。女の子は皆、花が好きなものだと思うけど。

「いつも、野の花を手に握りしめてやってきたもの、ミッちゃん」

「そうでしたか」

そうよ、と優しく微笑んだ。それから、私たちが淹《い》れたお茶を一口飲んで、美味《おい》しい、と小声で言った。

「皆、綺麗になったわね。驚いちゃった」

驚いたのは私たちの方だけど、けい子さんにそう言われて三人とも嬉しかった。まるで昔に戻ったように照れて笑ってしまった。

あの頃から綺麗だったけど、それが益々《ますます》際立《きわだ》ったように思えるけい子さん。この村を離れてからは、どんな生活をしていたのだろう。

「あのね」

「はい」

「こちらの方は、ロン・ホーソンさん。アメリカの方よ」

名前を呼ばれて、男の人は頷いた。

「ロン、とよんでください。よろしくおねがいします」

頭を下げた。大人の男の人に、しかも外人さんに頭を下げられるなんて初めてで、また私たちは戸惑《とまど》ってしまって、とにかく同じように頭を下げた。

「日本語は、普通の、日常の会話なら、まぁなんとなく大丈夫なの」

「そうですか」

「それでね、ミッちゃん」

「はい」

けい子さんは、少し背筋を伸ばして、私たちを見た。

「早速本題に入るけど、お願いがあるの」

「はい」

ロンさんも、背筋を伸ばした。青い青い眼が、私たちを捉《とら》えていた。吸い込まれそうな気がして、とても見つめていられなかった。

「私たちを、ここに住まわせてほしいの。そのお手伝いをしてほしいの」

「お手伝い」

こくん、とけい子さんは頷いた。

「知ってると思うけど、私は、村に顔を出せないでしょう？」

これには、もごもごと口を動かすことしかできなかったので、けい子さんは少し可笑《おか》しそうに笑った。

「だから、必要なときに野菜を届けてくれたり、町まで買い物に行ってもらったり、そういうことをお願いしたいの」

「それは」

特に問題はないと思う。もともとここに通って掃除をしていたのだ。ついでに野菜や食べ物を届けるぐらいはなんでもない。町に買い物に行くのも、かえって楽しみができて嬉しいぐらいだ。

もちろん、と、けい子さんは窓辺の小さなテーブルに置いてあったバッグを取り、パチン、と開いて、中から封筒を取り出した。

「これは？」

「お金よ。当分の間の、生活費を預けておくわ。あなた方への手間賃《てまちん》もここから取ってもらって構わないから。一ヶ月、千円でどうかしら」

私たちが眼を丸くすると、けい子さんは不安そうな顔をした。

「少ないかしら」

「とんでもないです！」

千円なんてお金、私たちが村役場の仕事でもらう一ヶ月の給金より遥かに高い。

「貰いすぎです。それに」

「それに？」

どうして、と訊きたかった。何故、帰ってきたのか。何のために帰ってきたのか。そして、ロンさんは何者なのか。

今、日本にいるアメリカ人は軍隊の人だというのは判ってる。でも、ロンさんは軍服も着ていない。

何故、こんな山奥の村に、けい子さんと一緒にやってきたのか。

けい子さんは、そんな私の表情を見て取ったのか、ふっ、と微笑んで言った。

「勝手なお願いなんだけど、まずは、お願いを受けてほしいの。そうしたら、何もかも話すから」

お願いします、と頭を下げた。それを見てロンさんも同じようにした。

「私たち、ここ以外、もう行くところがないの」

行くところがない。

それは、そうなのだろう。けい子さんは村を追われた人間だ。事情を理解した今は、二度と村に足を踏み入れない覚悟で出ていったんだと判る。踏み入れられるはずもないのだ。それなのに帰ってきたということはそれ相当の事情が、決意があるのだろう。

でも確かに、この横嶺さんのお屋敷なら盲点だ。

村の集落からは離れた丘の上。周りには林があるし村から肉眼でこの家を眺めることはそうそうできない。それこそ、はなちゃんが見たように夜に灯りを灯さない限りは、誰かが住んでいるなんて判るはずもないだろう。

私たちがいつもここを掃除しているのは村の皆が知っているから通っても不思議に思われない。他の誰かがやってくることなんかまずない。

きりちゃんが、つんつん、と私の腕を突っついた。これは、そうした方がいいんじゃない？ というきりちゃんのいつもの合図だ。

きりちゃんは、いつもひとつ年上の私を立てているけど、実はいちばん決断力も実行力もある子だ。私なんかよりずっと頭も良いし回転も速いと思ってる。

いつだったか、「私は二番目がいちばん好きだ」って言っていた。自分よりしっかりした性格の人の後ろに立って、陰に隠れている方が性に合っているんだって。成程《なるほど》と頷いたっけ。きりちゃんは、そういう女の子。

「判りました」

そう、私も、割と決断は早い方。きちんと考えることが大好きだけど、悩むのは好きじゃない。

「もちろんここは横嶺さんの家なんだから、私たちが決めることじゃないです。けい子さんは、横嶺さんから鍵を預かってきたのでしょうから、ここに滞在するのは当たり前です」

そして、ここの管理をしている私たちがけい子さんとロンさんのお世話をするのも、当たり前。そう言うと、けい子さんは、ホッとしたように、息を吐いた。

「良かった」

お茶を一口飲んで、けい子さんとロンさんは顔を見合わせて、微笑み合って。説明なんかしてもらわなくても、この二人が好き合っているのは、判っていた。二人の間に流れる幸せ溢《あふ》れる雰囲気は、誰にでも判る。

でも、それは。

「ミッちゃん、きりちゃん、はなちゃん」

「はい」

けい子さんが何かを言おうとしたとき、ロンさんが手を上げてそれを止めた。

「ぼくが、いうよ」

青い眼が、私たちを見た。

「みっちゃん、きりちゃん、はなちゃん」

よく響《ひび》く、耳に心地よい声。外国の人は、皆こんな風に良い声をしているのだろうか。

「わたしは、にげてきました」

「逃げて？」

「きた？」

ロンさんの顔が、ほんの少し歪《ゆが》んだ。

「ぐんから、にげてきたのです。だっそうへいです」

脱走兵。

3

こんなロングドライブは初めてかも、と、香織ちゃんが喜んでいました。前日まで降っていた雨はきれいに上がって、眩《まぶ》しいぐらいの青空が拡がっています。向かっている故郷の町の辺りも晴れの予報が出ていたから、ずっと大丈夫でしょう。三月ももうすぐ半ば。窓から見える緑はどんどんその色を鮮《あざ》やかにしていきます。

「桜、見られるかな」

香織ちゃんが嬉しそうに言いました。

「確か、あの桜は遅咲きだったはずだよね」

楓さんが確認してきます。

「うん」

そう聞いています。

「だったら、ちょうどよく盛りの桜を見られるかもな」

あの桜が咲いているのを見たことがあるのはわたしだけでした。紗代さんも香織ちゃんも、楓さんも残念ながら見たことはありません。

「きれいなんだろうなー」

祖母たちが、いつも言っていた桜の木。あまりの素晴らしさに声さえ失ってただ見続けてしまうそうです。その桜がしっかりと立つ〈さくらの丘〉。

東京から車を走らせてどれぐらいで着くのかと楓さんに訊いたら、五時間という答えが返ってきました。

「途中で昼ご飯とか食べてね」

夕暮れになる前には着いて、しっかり準備をして夜を迎《むか》えられると言いました。一応、二、三日分の食材は持ってきたので、後は現地でスーパーなどを探して買うようにするそうです。町に大きなスーパーはないけど、車で隣町まで出かければなんでもあるはずです。

車で何度も行っているから、道案内はいらないと楓さんが言うので、ちょっと狭《せま》いけど三人で後ろの座席に座りました。飲み物も用意して、お菓子も用意して、なんだか本当にドライブ気分。

まだ会うのは二回目なのに、話した時間もほんの二、三時間だったのに、わたしたちはもうすっかり馴染んでいました。

「何が出てくるのか、楽しみね」

紗代さんが言います。

「何か出るのかなぁ」

チョコのお菓子を摘《つま》みながら、香織ちゃんが訊きます。

「そんなに出る出るっていうと、なんか」

「幽霊でも出てきそう?」

紗代さんが意地悪そうな顔をして笑って、香織ちゃんがキャー、とわたしの肩を叩きます。

わたしたち三人の孫娘の間にすっかり役割ができていました。

いちばん年長で落ち着いている紗代さん。短めのストレートヘアと慣れた感じのお化粧がいかにも働く女性という感じを漂《ただよ》わせています。何事にも動じないで、わたしと香織ちゃんをからかったりもします。香織ちゃんは流行りの服に華やかなメイク。大学生という身分を目一杯愉《たの》しんでいる感じ。モデル並みの美貌《びぼう》なのにもかかわらず、けっこう豪快に反応します。その中で、わたしは二人を繋ぐように反応していました。それぞれの性格が、ものの見事に役割として嵌《は》まってしまったようにうまく行っていたのです。まだほとんどお互いのことを知らないのに、昔から知ってる従姉妹《いとこ》同士のような感覚。

きっと、祖母たちもそうだったのだと思います。順番も年齢もちょっと違うけどこんなふうに楽しく笑い合いながら、あの町で暮らしていたのに違いありません。

それぞれに大好きだったおばあちゃん同士が、まさに姉妹のようにして育ったことがこんなにも他人を結びつけるのだなぁ、と感心してしまいました。

でも、と、紗代さんが真面目な顔をしました。

「何かはあると思うのよね」

「それは、どんな」

「何かが、遺されているの」

「遺されてるって？」

香織ちゃんが顔を顰めました。

「間違いなく、三人の祖母の遺志が、何らかの形でその家に残っていると思うの。わたしたちに託《たく》された何かが」

「託された？」

わたしがその言葉をリピートすると、紗代さんが力強く頷きました。

「家とか土地とか、そんなもの以外にってこと」

それは、わたしも感じていました。頷くと紗代さんが続けます。

「他の親族の誰にも、祖母たちはあの家のことを教えていなかった。それはつまり、教えると何か困ることになるから、教えなかったって解釈した方が素直でしょう？」

「それは、そうだね」

香織ちゃんも頷きます。

「わたしたちに遺したというのは、ほら、満ちるちゃんのお母さんが言った言葉」

「え？」

「『満ちるがいちばん自分に似てる』って、おばあちゃんのミツさんが言っていたんでしょう？」

「あぁ」

そう。そういうふうに言っていたそうです。

「だから、満ちるちゃんに遺すことに決めていたと思うの。つまり、自分の遺志を守ってくれると確信したから」

そして、紗代さんも香織ちゃんもおばあちゃんっ子だった。可愛がられていた。

「それぞれがお互いに、この孫娘なら大丈夫と確信したから、遺した。だから」

「あの家には」

「何かが、遺されている」

三人で頷き合いました。ルームミラーに映った楓さんも話を聞いていたのでしょう。わたしと眼が合って、頷いていました。

「文字通り、あの鍵も、鍵になるんだろうな」

わざわざ三人にひとつずつ託された鍵。

「普通に考えればまとめて保管しておけばいいのに、分けたのにはきっと意味があるんだと思うよ」

「何だか怖くなっちゃった」

香織ちゃんが、ブルッと震えて、それを聞いた楓さんが笑います。

「大丈夫だよ」

怖いものであるはずがない、って言いました。

「大好きだったおばあちゃんたちが、大好きだった孫たちに遺したものなんだ」

きっと素敵なものだよ、と言う楓さん。

「それはたぶん、この世でいちばん美しいものかもしれないな」

そうです。この叔父は、楓さんは、とてつもなくロマンチックな人でもあるのです。紗代さんも、香織ちゃんも、眼を丸くしてわたしと顔を見合わせて、クスッと笑い合いました。

それからは、特にその話をすることはなく、色んな話に花が咲きました。二人が知りたがっていた楓さんの暮らしぶりを話してあげると、二人とも興味津々でした。

「本当に、そんな暮らしを？」

「そうですよ」

住所は一応決まっているけどコロコロ変わるので、ほとんど不定、独身四十歳。それで見栄えが悪かったら最悪だけど、憎らしいぐらいに凛《りん》としてかつフェミニンな出で立ち。しかもとりあえず、贅沢をしなければ一生食べていけるほどのお金はある。女の人だったら放っておかないと思うのだけど、結婚する気はまったくないのだとか。

今の住《す》み処《か》は、ある大学の寮だったところだそうです。一年後に取り壊されることになっているらしいのですが、六畳一間で家賃二万円。

「本当はキャンピングカーでも買ってそこに住もうと思ったんですけどね」

残念ながらこの狭い日本では、キャンピングカーを置いておくのだけでも一苦労なんだとか。

「まるで高等遊民ですね」

紗代さんが言うと、ちっとも高等じゃないですけどね、と楓さんが笑った。確かに、あまり高等ではないと思う。

紗代さんが実はバツイチで男はもうこりごりだとか、香織ちゃんはカレシはいるんだけど最近ちょっと倦怠期《けんたいき》。わたしは実は別れたばっかりで今はロンリー。

そんな話をしながら、車はどんどん走っていって、故郷の町へ近づいていきました。

＊

おやつの時間を過ぎた辺りで、見たことのある風景が窓の外に流れ始めました。

「そろそろかな？」

楓さんに訊いたら、頷きます。

「そうだね。もう向こうの方に見えるかもしれない」

左斜めの方向。わたしが指差すと、香織ちゃんが叫びました。

「あ！　見えた！　なんか建物！」

「本当？」

紗代さんが慌《あわ》てて覗き込んだけど、見えないって言います。

「木の間から見えたんだけど」

緩《ゆる》やかに始まって、そのうちにだんだん急になる坂道を昇って行って、頂上に着くとそこが町の境目。急に下り始めて、すぐに脇道があります。知っている人じゃないと見過ごしてしまうほどの小さな、舗装《ほそう》もされていない道。

「揺れるよ」

楓さんがハンドルを切るのと同時に、途端に車が揺れ始めます。土の道を抜けて、それから草が生《お》い茂《しげ》るところを抜けて、林の中に入って行きます。冗談ではなく、伸びる木の枝がバチバチと車に当たるような小道をしばらく走ります。

「こんなところを走るの？」

「大丈夫？」

来たことのない二人がびっくりして、わたしも記憶にはあるけれどもそういえば車で走るのは初めてで。

そして、林を抜けると急に開ける視界。

「出た！」

「きれい！」

紗代さんと香織ちゃんが同時に叫びました。

そこが、〈さくらの丘〉。

そして、遮《さえぎ》るものがない丘の天辺《てっぺん》で陽差しを浴びる西洋館。祖母たちが〈学校〉と呼んで大切にしていた、思い出の家。

「明日は草刈りをしなきゃダメかな」

玄関前に車を停めて、降りた楓さんが開口一番に言いました。確かに、伸び放題の雑草がぐるりと家を取り囲んでいます。ここに辿《たど》り着くまでも車はずっとタイヤを隠してしまうぐらいの草の中を走ってきました。四駆じゃなかったらきつかったと楓さんが言いました。

「でも、本当にきれいな建物」

紗代さんが西洋館を見上げながら言いました。

「桜を見てこよう」

楓さんが言って歩き出すと、皆がそれに続きます。西洋館をぐるりと廻《めぐ》ると中庭のようになっているところに立つ大きな桜の木。

「立派ねー」

紗代さんが感心したように見上げました。

「樹齢何年なんでしょうね」

それはまったく判りません。でも、どこかが朽ちているというわけでもありません。まだ元気そうです。

蕾《つぼみ》が、たくさんたくさん開くのを待っていました。

「そろそろですね」

紗代さんが言うと、楓さんも頷きます。

「ここにいる間には、咲くかどうかってところかな」

「咲くまでいましょう！」

香織ちゃんが嬉しそうに言います。それから、くるっと振り返って建物を見上げました。

「〈学校〉って呼べばいいのかな」

「呼ぶ？」

「だって、〈あの建物〉って呼んだり〈学校〉って呼んだり〈西洋館〉って呼んだり」

「あぁ」

確かにそうです。

「〈学校〉でいいんじゃない？　なんか、雰囲気があって」

紗代さんがそう言いながら、鞄《かばん》の中からキーホルダーを取り出しました。合い鍵を三組作って皆でそれぞれ持つことにしたここの鍵。

「さて」

ニコッと笑って紗代さんが言います。

「行きましょうか」

皆でまた草を踏み分けて、正面の玄関に戻りました。

「〈学校〉よ、こんにちは」

おどけて言う紗代さんに合わせて、わたしと香織ちゃんも「こんにちは」と続けました。

「じゃ、開けますか」

「うん」

三人で並んで、大きな茶色の扉の前に立ちました。色褪《いろあ》せてはいますが、とても立派な造りの扉です。楓さんが後ろで見ています。紗代さんが鍵穴に差し込んで、回すと、引っ掛かって鍵が回りません。開かない。

「これじゃないね」

次の鍵で、引っかかったような音がして、鍵が回りました。

「錆《さ》びついているみたい」

「後で油を差しておこう」

今のうちに、と三人で持っていた鍵の形を確認して、用意しておいた赤い紐《ひも》を結びました。赤い紐の鍵が、正面玄関の鍵。

「じゃあ、満ちるちゃん、開けて」

「わたしが？」

「だって、長女役だったミッちゃんの孫なんだから」

香織ちゃんもそうそう、と頷きました。

「では」

ひとつ息を吐いて、ゆっくりと扉を開きました。小さい頃に何度も見には来ているけれど、こうして中に入るのは初めてです。

饐《す》えたような匂いがするのかと思ったら、そうでもなく、普通でした。埃《ほこり》っぽさもありません。ゆっくりと、玄関の中に足を踏み入れました。どこの窓にもカーテンは掛かっていないようなので、中には陽差しが入り込み、とても明るいです。

「気をつけて」

楓さんが言いました。

「床とか、柱とかが腐《くさ》っている場合もあるだろうから」

「そうだね」

玄関の三和土《たたき》になっているところは、石畳《いしだたみ》のようになっています。一段上がったところからは、黒ずんだ木の板。右横には焦げ茶色の背の低いタンスのようなもの。物入れか、靴箱でしょうか。左側は壁に丸い窓があって、ステンドグラスが嵌《は》め込んでありま す。

見上げるとそこだけ少し天井が高くなっていて、円形の天井には絵が描いてあります。

「何の絵？」

香織ちゃんが言って、皆で見上げて首を捻りました。

「宗教画かなぁ」

楓さんが言います。ほとんど色褪せて、よく判りません。でも、確かに天使の姿が描いてあるのが判りました。

「あぁ、そうみたいだね」

楓さんが、指差しました。

「あの辺りには草原、そして海、空から光、真ん中がすっかり剝《は》げ落ちてわけわかんないけど、ひょっとしたら女神とか、神様とかが描かれていて、その周りに天使って感じじゃないかな」

ステンドグラスが嵌め込まれた下には、普段の下駄箱として使っていたのか、小さく四角に区切られた棚がありました。戸がついているのもあれば、ないところもあります。正面には漆喰《しっくい》の壁があって、その裏には二階への階段が見えました。

皆で、持ってきた上履《うわば》きに履き替えました。紗代さんは普段から愛用しているという昔からある形のゴムのズック靴。香織ちゃんとわたしは安売りの店で買ってきたスニーカー。

「床がきれい、だよね」

香織ちゃんが呟《つぶや》きました。

「確かに」

長年使っていないという印象は確かにありますけど、埃が盛大に積もっているという感じは全然ありません。楓さんもあちこちを覗き込んで、言いました。

「ここ何ヶ月の間に、きちんとではないけど、軽く掃除をしたって感じかな」

三人で頷き合いました。たとえば、学校の体育館で使っていたような大きなモップでざっと拭《ふ》いたような感じ。でも生徒は適当に済ますので隅《すみ》っこには埃が溜まってしまっている。そんな雰囲気。

「車から荷物を下ろす前に、全部歩き回って、どこを拠点にするか決めよう。それと」

皆を見回してにこっと微笑みました。

「他の二つの鍵がどこの鍵なのか、調べよう」

楓さんが先頭に立って、ひとつひとつの部屋を開けて回ります。最初のドアが、玄関のすぐ横にある洋室。把《と》っ手に手を掛けて回すと軋《きし》んだ音をして、ドアがゆっくりと開きます。

「ここの鍵ではないようだね」

四角い洋室です。黒い床板、丸い小さなテーブルがあって、天鵞絨《びろうど》張りの椅子があって。ここも、同じ感じでした。埃は確かに少し積もってはいるけれども、放置はされていない感じです。

「お客さんを待たせておく部屋かな」

それから、大きな応接室のような部屋、小さな控《ひかえ》室のような部屋、台所、小さな物置のような部屋。順番に回りましたけど、どこも鍵は掛かっていませんでした。

「不思議な建物だなぁ」

歩き回りながら、楓さんが言います。

「単に、住居としての西洋館じゃない。明らかに大勢が集まるために造られたような感じだな」

「旅館だと言われても頷けますよね」

紗代さんが続けて言って、わたしも香織ちゃんも頷きました。

「それこそ〈学校〉と言われても、そうか、とも思える。この廊下なんて本当に田舎の学校みたいだ」

黒ずんだ板張りの長い廊下の壁一面が窓で、その反対側に並ぶ部屋。

「その、横嶺さんという人は、何のためにこの建物を建てたのかなぁ」

「聞いたことある？」

「まったく」

祖母の話にもその答えはありませんでした。香織ちゃんも紗代さんも首を捻ります。

それを知っている人は、まだこの町にいるでしょうか。祖母の話では、同じ年頃の子供は祖母たちしかいなかったということなので、当時、それより小さい子がいて、その人たちがまだ生きていてくれたら。

「町を訊いて回ってみるのも手だね」

「そうですね」

話しながら、大きな、たぶんオーク材でできた扉を開けようとした楓さんの手が止まりました。

「どうしたの？」

首を捻って、ドアノブを指差します。

「ここは、普段から使われている」

「え？」

「ドアノブに、埃がついていない。ついていないどころか」

丸いクラシカルな形の真鍮製のドアノブが鈍《にぶ》くきれいに光っています。くすんでいません。使いこまれた道具のように、艶《つや》やかな表面です。

「つい昨日まで、誰かがここに出入りしていたみたいだよね」

確かに。皆が、頷きました。

でも、誰が？

今まで見てきた部屋のそれは確かに曇《くも》っていました。

楓さんがドアノブに手を掛ける前に、わたしたち三人の顔を見て、確認するように小さく頷きました。香織ちゃんが、わたしの手首のところをそっと握ってきました。まだ夕方です。陽が落ちるのには余裕があって、怪談話には少し季節も早いです。でもちょっと気持ちはわかります。

楓さんがゆっくりとドアノブを回しましたが、回りません。

「鍵が掛かっている」

わたしが持っていたキーホルダーを取り出しました。二本目の鍵を鍵穴に入れて回すと、カチャリと音がして回ります。

「開いた」

「じゃ、それがこの部屋の鍵ね」

三人でその鍵の形を確認して黄色い紐を付けました。

重そうな木の扉は、ききぃ、と音を立てて開いていきました。そこから見えた部屋の中は。

「へぇ」

それまでの少し緊張したような雰囲気がなくなって、楓さんの顔が思わず綻《ほころ》びました。

わたしもちょっとびっくりしたし、紗代さんも香織ちゃんもほっとしたように息を吐きました。

「ちょっとした図書室だな」

そんなに広くはない部屋です。印象としては十二畳ぐらい。長四角の部屋で奥の壁は大きな両開きの窓が嵌まっていて、両端は作り付けのガラスの扉の本棚にずらりと並んだ本。真ん中には古い大きな木のテーブル。椅子は全部で四つ。

「自習室みたい」

「あ、そんな感じ」

どこかで見たような映像が頭に浮かんできました。

まだ少女と言ってもいい女の子たちが本を拡げて机に並んで座り、鉛筆《えんぴつ》を持ち、ノートを前に、穏やかな陽射しを浴びながら、勉強しつつも楽しそうに会話をしている光景。

「そうか」

それは、祖母から聞いていたある日の時間。

きりちゃんとはなちゃんの三人で、この〈学校〉で勉強をしていた、幸せだったかつての記憶です。

「ここだったんだ」

そう呟くと、紗代さんも香織ちゃんも、同じように頷きました。

「そうだよね」

ここだよね、と紗代さんが笑いました。

「ワタシもそう思った！」

香織ちゃんが嬉しそうに言いました。

「三人で、大きな机に並んで本を読んでいたって。勉強していたって。壁いっぱいに本が並んでいて、でも外国の本も多くてまるで読めなかったのがほとんどなんだけどって」

そう。わたしもそういうふうに聞かされていました。今まで三人でその記憶を確かめる時間はなかったのだけど、それぞれの祖母から聞かされていたここでの記憶は、思い出は、きっとほとんど同じはず。感じ方はそれぞれだろうから印象は違うのかもしれないけど。

「英語を習ったって言ってた」

香織ちゃんが言った。

「うちのおばあちゃんは、ペラペラ話せるわけじゃなかったけど、ワタシの英語の教科書を読んで和訳できたし、英語の文章もちゃんと書けた」

それが、すっごい自慢だったと嬉しそうに言いました。

「うちのおばあちゃん、すごいんだよって」

「そうそう」

紗代さんも頷きます。

「私のおばあちゃんは、音楽好きでレイ・チャールズが大好きだったの。歌も普通に英語で歌っていたのよ。それも素晴らしい発音で」

そう。わたしの祖母も同じでした。洋画を字幕なしで見ても、八割がた理解できていました。最近の新しい言葉や表現はよく判らないわ、と苦笑しながらも。

「ここで、習っていたんだね」

香織ちゃんがそう言って、机の上をそっと撫でました。それを見た楓さんがかがみ込んで、その撫でられたところをじっと見た。

「ほらね」

「なに？」

「埃が積もっていない」

あ、と、紗代さんが口を開けました。確かにそうです。机は、古い木造の小学校にあるような古い古い木の机なのに、その表面はいつも水拭《みずぶ》きしているようにきれいになっています。

「今まで見てきた部屋は少なからず埃が積もっていた。定期的に掃除をしている感じはあったけど、何ヶ月かは放っておかれてる部屋だなという印象はあった」

この部屋は違うね、と楓さんは肩を竦《すく》めました。

「それは、誰かが、ここに通ってきてるってことですよね。他のところはともかく、この部屋だけには出入りをしているっていう」

紗代さんが言うと、楓さんは頷きました。

「そういうことだね。この部屋で勉強でもしているのか、本を読んでいるのか。その人は、この〈学校〉の鍵を持っているってことだ」

「おばあちゃんたちの誰かから頼まれて、管理しているのかな」

「どこかの清掃会社に定期的な掃除を頼んでいるとしても、それを管理する人間は必要だからね。でも、もしそうなら、そういう人がいると遺言に書くか何かすると思うんだけどなぁ」

それは、そうです。祖母はきちんとした人でした。そういう大事なことを話さないままにしておくとは思えません。

楓さんが本棚の前に立って、中を眺めています。棚は全部が埋まっているわけではなく、半分ほどは空《あ》いている印象です。本が並んでいない棚には、花瓶《かびん》が置いてあったり、市松人形があったり、高そうなコーヒーカップがあったり。

「あれは、明らかに」

楓さんが苦笑して指差したのは、何故かスヌーピーのマグカップ。

「まさかマグカップが戦後にタイムスリップして、それからずっとあるわけじゃないよね」

確かに。

「ここに来ている人が置いたんだね」

「少なくとも、スヌーピー好きってことは気が合いそうだ」

楓さんが言って、そっと扉を開けて、中の本の一冊を抜き出しました。

「洋書。これは、なんだ、判らないな」

タイトルを読んでもピンと来ません。生憎《あいにく》と英語に堪能な人はいませんでした。それにしても、と楓さんは続けます。

「古い本ばかりだ。古本屋が見たら狂喜乱舞《きょうきらんぶ》しそうだね」

「その人のこと」

紗代さんが言いました。

「どうして、三人のおばあさんは誰も何も言い残さなかったのかな」

「考えられるのは」

楓さんは本を棚に戻して、人差し指を上げます。まるでドラマで見る探偵のように。

「そこに、何らかのミツさんの、三人の祖母の意図があった」

「意図」

紗代さんが、眉間に皺《しわ》を寄せました。

「誰かそういう人間がいるのに孫娘たちには知らせなかった。知られたくないわけじゃない。こうしてここを遺したのだからいずれは出会うはず。つまり、何も知らずに会った方がいいと考えたのか、もしくは」

「もしくは？」

香織ちゃんが男らしく腕組みしています。楓さんはニヤッと笑いました。

「その方が、三人の孫娘たちに楽しんでもらえるんじゃないかと考えたか」

それは、あるかもしれません。祖母は、わたしを驚かすことが好きでした。「ほぅら、びっくりしたろう？」色んなことでわたしを驚かせた後に、そうやってにっこり笑った祖母の声は、今も耳の奥に残っています。

三

戦争は、長い間私たちの暮らしを色々な意味で苦しめていた。

幸いにも私たちの村に爆弾が降ってくることはなかったのだけど、村の若い男の人たちはたくさん兵隊に取られていって、残ったじいちゃんやばあちゃんや母さんでずっと作物を作ってきた。

いつか、男の人たちが帰ってきて、また皆で暮らしていけることを願いながら待っていたけれど、たくさんの人が戦地で死んでしまった。

きりちゃんのお兄さんも、私の伯父さんも、はなちゃんの叔父さんも。

この村から戦争に行ったのは、全部で十八人。

そして戦争が終わって五年経って、生きて帰ってこられたのはたったの一人。村外《むらはず》れの荒川《あらかわ》さんの息子の作造《さくぞう》さんだけ。

その荒川作造さんは、今は東京に出て行ってしまった。たった一人だけ帰ってきて、最初は皆喜んだのだけど、だんだんと村に居辛くなってしまったようだ。

後から知ったことだけど、戦争で死ねば恩給が出る。だから、信じられないけど、戦争に行った息子は死んでしまった方が良かったと思っている人がいるそうだ。親が、そんなことを考えるのかと、それを知ったときに私は愕然《がくぜん》とした。

村長の平田《ひらた》さんは、まだ小さかった私たちに教えてくれた。この村はまだ良い方だ。豊かな水と土地に囲まれて、とりあえず餓《が》死《し》する心配はまったくなかった。だから、女の子である私たちもずっとこの村で育ってこられた。

そう、私たちは食べ物に不自由する事はまったくなかったのだ。疎開にやってきたり、食べ物を求めにやってくる人たちを見て、他の町はそんなにひどい事になっているのかと毎回驚くほどだった。

豊かではない村ではどうなるか。

女の子は町に売られる。そうしてその家に現金が残り、残った家族は暮らしていく。そんな生活はこの国のどこにでもあると、平田さんは言っていた。

男は戦争で死んで金を遺し、女は売られて金を遺す。それが、戦争が生んだものだと、泣いていた。

戦争から帰ってきた作造さんが、一人で、河原に座っているのを見たことがある。

どうしたのかと訊いたら、一緒に戦った仲間のことを思い出していたと淋《さび》しそうに微笑んだ。どうして自分だけがこうして生き残ってしまったのかよく考えるんだ、とも言っていた。そうして、その意味を見つけるために都会へ出て行ってしまった。あれもひょっとしたら、荒川さんの家族は作造さんが死ぬことを望んでいたんじゃないかと。それを作造さんは知ってしまって、都会で暮らそうと出て行ったんじゃないかと思った。その結果がどうなるのか、まだ判らない。

はなちゃんの叔父さんは骨になって、同じ部隊だった人が届けてくれた骨壺《こつつぼ》に入って帰ってきたけれど、きりちゃんのお兄さんは消息不明。

だから、きりちゃんのお母さんは、まだ息子が生きていると信じている。きっといつか帰ってくるって。

隣の山本《やまもと》さんの光子《みつこ》さんは、上坂《かみさか》の功《いさお》さんと結婚したけど、一緒の家にいたのは、ほんの三日間だけ。三日間だけ夫婦で、光子さんはずっとずっと帰りを待っていたけど何の連絡も消息も伝わってこない。

つい、この間、光子さんは山本の家に戻った。五年も待ったけど、帰ってこなかった。もうこれ以上待っても無駄だろうと両方の家で話し合ったそうだ。光子さんも、この村には居辛いだろうなとばあちゃんが言っていた。

遠くや近くや色んなところから、子供たちが疎開にもやってきた。知り合いの知り合いとか、全然関係のないところからも子供がやってきたりして、私た

いちと一緒に遊んだりもした。それはそれで、楽しい日々でもあった。あまり子供がいない
この村がとても賑《にぎ》やかになった気がして嬉しかった。

戦争が終わって自分の町に帰っていって、手紙をくれた子もいる。いつかきっとまた会いましょうねと約束をした子もいる。そういうことを想像するのはとても楽しいことだ。

もちろん、そのままきっともう会えないんだろうなという子もいた。

だから、戦争中とはいっても、ここととは違う町の話をたくさん聞けて、面白いこともいっぱいあった。悲しいこともあったけど、私たち子供の暮らしぶりはそんなには変わらなかった。不自由さは、子供にはあまり関係なかった。むしろ、一人前の大人として扱われるようになった最近の方が大変なぐらいだ。

私たちの村に住んでいた子供たちにとって、戦争はそういうもの。

爆弾とは無縁だったけど、心の中や家族の中に色んなものを落としていった。

ロンさんは、その戦争をやっていた。私たちの国と。

でも、ロンさんは日本の軍隊と直接戦わなかったと言った。ずっと通信兵として在籍していて、内部勤務というものをやっていたそうだ。

「かいしゃで、じむいんを、やっていたようなものです」

兵隊さんにはそういう仕事もあるんだと、当たり前のことをその時に意識した。大きな戦争には、前線に出て戦う人たちもいれば、その裏で戦争がしやすくなるように作業をする人もいる。

「だから、ひとを、このてで、ころしてはいません」

武器を持って、戦ったわけではない。でも、戦争に参加したことに変わりはないのだから、日本の人に嫌われてもしょうがないと、ロンさんは淋しそうに微笑んだ。

もし、ロンさんが私の家族を殺したのだとしたら、やっぱり私はロンさんを恨《うら》むだろう。でも、こうして話をしたのなら、その気持ちは揺らぐと思う。

誰も、殺したくて殺しているのではない。戦争なのだ。殺さなければ殺されるのだ。ひょっとしたら私の家族がロンさんを殺して、そうしてロンさんの家族に恨まれていたかもしれない。

戦争は、そういうものなんだ。

私ときりちゃんとはなちゃんは、ただじっと座って、ロンさんの話を聞いていた。外人さんが日本語を話すのがとても不思議だった。英語を話す日本人もいるのだから、それは当たり前のことなのだけど、初めての経験だったからだろう。

ロンさんは、戦争が終わって、進駐《しんちゅう》軍としてまた事務員のような仕事で日本にやってきたと続けた。

「わたしは、このくにが、すきです」

そう言って、笑顔になった。そして隣に座るけい子さんを見て、また微笑んだ。その笑顔がとても優しそうで、そして男の人なのに綺麗に見えて、私はどぎまぎしていた。男の人の笑顔を美しいと思ったことなんて、初めて。

自分で、自分に驚いていた。

「にほんは、ほんとうに、うつくしい、くにです。にほんのひとも、やさしくて、わたしはすきになりました」

もちろん、アメリカ人というだけで毛嫌いする人もいる。それは、戦争をしたのだからしょうがない。自分が直接手を下していなくても、同じ日本人をたくさん殺したアメリカ兵の仲間だから。

「でも、そんなこと、かんけいなく、やさしくおつきあいしてくれるひと、たくさんいました」

日本に来て、初めてロンさんは自然というものを美しいと感じたそうだ。それまで、アメリカのイリノイ州というところに暮らしていたけど生まれてからずっと、美しいと思ったことはなかったそうだ。

「もちろん、すばらしい、しぜんはありました。でも、にほんのは、ちがいました」

繊細、という日本語を教えてもらったそうだ。この国しか知らない私には理解できなかったけど、そうなのかな、という気もした。

日本には美しい四季があるというのを、私たちは当たり前のように思っているけれど、そうではない国がある。四季というものが、単に気温の違いでしかない国、つまり、季節感がまるでない国だってあるそうだ。

そして、ロンさんは、虫の声を愛でる日本人の心も判ってきたと微笑んだ。

「もうすぐ、すずむしやまつむしやこおろぎ、なきだしますね」

その通りだ。ごく当たり前のこと。

「にほんじん、むしのこえきいて、いろんなことをかんがえます。かなしいとか、わびしいとか。アメリカには、そんなこころは、ないです。むしのこえはしますけど、ただの、おとです。もしたくさんきこえてきたら、うるさいだけです。でも、にほんじんは、それにいろんなものを、かんじてました」

蟬《せみ》の声に夏を思い、コオロギや鈴虫の音に秋を感じて寂《さび》しさや侘《わび》しさを感じる。そんな日本の情緒というものを愛したと、ロンさんは、とても熱心に私たちに語った。

この国に、一生住んでいたいと感じていた。

愛したけい子さんと一緒に。

でも何かがあった。

「知ってる？　また戦争が始まるのを」

「え？」

三人で飛び上がってしまった。けい子さんは薄く笑った。

「違う違う。日本でじゃないの」

お隣の国。そこにアメリカ軍が、いや日本軍も新たに編成されて戦争をしに行く。いや、もう始まっている。そんなことはまるで知らなかった。戦争が終わってやっと平和になったというのに、どうしてまた違う国で戦いを始めるのか全然理解できなかった。

「そこに、ロンは行くことになってしまったの」

今度は、事務みたいな仕事ではなく、本当の戦いの場所へ。戦う兵士として。銃《じゅう》を構えて戦場に行かなければならない。

だから。

「にげてきました」

軍隊から。

「おとこらしくないと、わかっています。アメリカのために、じぶんのうまれたくにのために、なにかできないのかと、おこられることも。でも」

死にたくなかった。死ぬとは限らないけど、その可能性は高い。けい子さんとはおそらくそれで一生の別れになってしまう。

だから。

「わたしは、けいこと、ずっとずっといっしょにいたいとかんがえていました。そのために、だっそうへい、に、なりました」

それが、どんなことになるのかは、私たちにだって判った。理解できた。とんでもない重罪だ。いくら愛する人のためにだとはいっても、やってはいけないことだ。

私たちの表情を見て取ったのか、ロンさんは難しい顔をして、ゆっくり頷いた。

「みつかったら、たぶん、ころされます。しけいです」

はなちゃんが身体をぶるっと震わせた。きりちゃんは、真っ直ぐにロンさんの顔を見ていた。

私は、けい子さんの顔を見ていた。ロンさんが「殺されます」と言ったときにも、その表情は崩れなかった。そんな風に言うような状況ではないと思ったけど、凛としていた。

覚悟だ。

覚悟をして、この二人は、ここに来たんだ。

元からそれは思っていた。けい子さんがこの村に戻ってくること自体が相当に覚悟がいるはず。村八分どころか、村から追放されたのだ。戻ってきたのを見つかったならば、ひどい眼に遭わされても仕様がないどころか、殺されるかもしれない。

それなのに、戻ってきた。

「ここなら、東京から遥か離れた田舎町なら、軍の人の眼も届かないだろうと考えたのよ」

それしか、道はなかった。どこに逃げたってアメリカ人であるロンさんがいる限り目立ってしまう。でも、ここなら、誰にも見つからずにずっと過ごせるかもしれない。

「仮に見つかったとしても、誤魔化《ごまか》せるかなって」

「誤魔化す？」

けい子さんは微笑んだ。

「皆、私の事を判らなかったでしょう？」

あぁ、と私たちは三人とも頷いた。そうなのだ。けい子さんはここにいた時より遥かに美しくなっていた。まるで別人のような、都会の空気を身に纏《まと》っていた。化粧や髪形をもっと変えればまったく誰も気付かない可能性もある。

「ロンの事も、アメリカではない違う国の新聞社の特派員とか、偽の経歴を考えて」

東京にはそういう外人さんもたくさんいるそうだ。日本の田舎の暮らしを記事にするためにやってきたと言えば、しばらくは大丈夫なのではないかと考えたそうだ。

そんな計算はあった。ただし、それは最後の手段。村の人間に見つかったのなら、そういった手段で一時は誤魔化せるのではないかという微《かす》かな希望。

見つかったら、殺される。

そう思っていた。

そして、いつ死んでもいい覚悟をして、この二人は、ここにいるんだ。

一緒になら、殺されてもいいと決意して、ここに来たのだ。

私も、自分の身体が震えたのを感じた。怖いからではなく、ある思いが胸の奥から湧き上がってきたから。

「ミッちゃん」

「はい」

けい子さんが、すっ、と居住まいを正した。私も思わず背筋を伸ばした。

「誰にも、言わないでもらえる？」

けい子さんは、続けた。

「私とロンがここに住んでいることを、村の誰にも知られないようにしてもらえる？」

勝手なお願いというのは判っているけど、そういう理由なの。けい子さんは言った。

今度は、私に、はなちゃんときりちゃんにも覚悟を求めているんだと思った。私は、一応はなちゃんときりちゃんの顔を見たけど、同意を求める前に頷いてしまった。

「もちろんです」

はなちゃんが少し慌てたように手を前に出したけど、無視した。きりちゃんは、ただ唇《くちびる》を真一文字に引き締めて、小さく頷いた。

「絶対に、誰にも言いません。知られないようにします」

けい子さんとロンさんは顔を見合わせた。そして、私たちに深々と礼をした。

「ありがとう」

「でも」

「なに?」

確かめたい。

「けい子さんは、きっとこの村では、私たちに最初に会うってことが判っていたんですよね?」

横嶺さんと東京で会ったはず。そして、私たちがここを掃除していることも聞かされた。だから、絶対にまずは私たちと出会うだろうって思っていた。

けい子さんは、そうね、と頷いた。

「そう思っていた。ひとつの賭《か》けではあったけど」

賭けどころではないと思う。他の人に出会う可能性だってあったはず。それに。

「私たちが、私が、その頼みを絶対に聞いてくれるって思っていたんじゃないんですか？」

そうじゃなきゃ、おかしいと思う。けい子さんは全然慌ててなかった。いくら覚悟をしてきたっていっても、生きるために、生き延びるためにここに来た。

「もし、私が、然《しか》るべきところに通報したら、なんてことは考えていなかったんだと思います。絶対にそんなことはしないって、けい子さんは思っていた」

少し、眼を大きくして、けい子さんは微笑んだ。

「何故ですか？」

「それは」

くすっ、と笑った。

「忘れちゃった？　ミッちゃん」

「え？」

けい子さんは、右手を上げて、人差し指と中指を交差して不思議な形を見せた。

「おまじないの、約束」

あっ、と、きりちゃんが声を上げた。はなちゃんが、口を押さえた。私も思わず飛び上がってしまうところだった。

忘れていた。すっかり、忘れていた。

「思い出した？」

けい子さんがまるで悪戯をする子供のような表情を見せた。

「永久の、約束の印」

それは、まだけい子さんがこの村のお姫様だった頃。私ときりちゃんとはなちゃんが、お姫様のけい子さんに憧れて毎日のようにけい子さんの家に通っていた、平和な頃。

私たちに教えてくれた、永久の平和を祈る印だった。

「歌と一緒に祈るのよ」

「うた？」

とわにとわに、このちいさないのちをおまもりください。

とわにとわに、うつくしきまごころをおまもりください。

とわにとわに、へいわなこのせかいをおまもりください。

美しい旋律《せんりつ》の歌だった。何処《どこ》の国の歌かと聞いたら、遠い遠い今は無くなってしまった外国の歌だとけい子さんは教えてくれた。

その歌と、私たちの村に伝わるたくさんの印を結ぶおまじないを合わせて、けい子さんは言った。

「皆が幸せになるように、この願いを一生守っていきましょうね」

その言葉に、私たちは素直に頷いていたのだ。まだ平和という言葉の本当の意味さえ判らずに、永遠の平和を願っていたのだ。

そう。

そうだ。

けい子さんはこの村のお姫様だった。それは単に地主の娘だからという事だけではなく、顔が美しいというだけではなく、その心も清らかな本当に菩薩《ぼさつ》様のような女性だったのだ。

私たちは、けい子さんに色んな事を教えてもらった。読み書き算盤《そろばん》はもちろん、世界はどういうものなのかも教えてくれた。けい子さんの部屋はまるで書物の海のようだったのだ。毎日毎日たくさんの本を読み、日本が、世界が、私たち人間の歴史はどのような事がどのように繰り返されてきたのか、優しい言葉で教えてくれた。

人間は戦いを止められない。人間の歴史は戦いの歴史だ。

でも、私たち女性は赤ん坊を産む。命を産む。それは、戦いで殺されるために、死にに行かせるために産むのじゃない。

生きていくために、命を産むのだと。

それが私たち女性に、与えられた力なのだと。

そうだ。だから私たちは、金崎さんの家で起きた惨劇と悲劇を、けい子さんの身の上に結びつけられなかった。けい子さんの身の上に酷《ひど》いことなど起こるはずがない。命を、真心を、平和な世界をあんなに願っていたのだからと。

「だから」

けい子さんは、静かに微笑んだ。

「きっと、皆は、私を守ってくれると、信じてた」

ずっとずっと、私たちを信じてくれていたのだ。小さい指で一緒におまじないを結んだ私たちのことを。

＊

帰り道。

家から少し離れたところで立ち止まって、私たちは振り返った。見慣れた横嶺さんのお屋敷。でも、もう今までとは違うお屋敷。

ロンさんとけい子さん、二人が暮らすお屋敷。

「ミッちゃん」

はなちゃんが、私のブラウスの袖を握った。不安そうな顔をして訊いてきた。

「誰にも知られないなんて、できると思う？」

「できると思う、じゃなくて、やらなきゃならないのよ」

「でも、夜になって電気が点いていたり、煙突《えんとつ》から煙《けむり》が出たりしたら」

大丈夫よ、と、きりちゃんが言った。

「どうして？」

「ロンさん、軍人さんだもの。いくら事務みたいな仕事ばっかりだったとはいっても、そういうのを隠す訓練だってしてるはずよ」

きりちゃんが何か確信するように言った。そうじゃないかと思う。訓練はしていなくてもそれぐらいの知恵は回るはずだ。灯りは、厚手のカーテンを閉めて遮《さえぎ》ればいい。煮炊きの煙は、丘の麓《ふもと》にまで来なければ判らないはず。誰かに見られたとしても、ここの山に点在する炭焼きの煙だと思ってもらえるはずだ。誰もそんなのを気にしたりはしない。

「でも」

きりちゃんが、くいっ、と首を傾げて私を見た。

「ミッちゃん、どうして即答したの？」

いつもなら、もっと考えるはずなのに、と訊いた。

「私ね」

「うん」

横に並んだ二人が、私の横顔をじっと見ているのが判った。私は、横嶺さんのお屋敷を眺めながら、はっきりと、強く言った。

「戦争、大っ嫌いなの」

それは、ずっとずっと言えなかった言葉。

戦争が終わってようやく誰もが口にできるようになった言葉。

「だから」

説明になっていないけど、はなちゃんもきりちゃんも、こくりと頷いてくれた。判ってくれた。それから、両方から、手を繋いでくれた。はなちゃんが左から、きりちゃんが右から。

「ミッちゃん」

きりちゃんが言った。

「二人を、守ろうね」

「うん」

絶対に、守ってみせる。

「わたし、二人のために服を作る」

「服？」

きりちゃんが力強く頷いた。

「あんなに目立つ服じゃ駄目。歩き回っても目立たないような色で服を作ってあげる」

そうだ、きりちゃんは三人の中でいちばん縫《ぬ》い物が得意だった。

「じゃ、わたしはお料理を作ってあげよう」

はなちゃんも、ぎゅっ、と強く手を握って言った。私ときりちゃんは頷いた。はなちゃんはおさんどんがいちばん好きだ。

私は、考えよう。

どうすれば二人を守っていけるのか。

4

どっちにしても、と、楓さんは言いました。

「こんなにきれいにして使っている人が悪い人であるわけないね」

「そうね」

紗代さんも頷きました。

「単純すぎる考えだけど、真理かも」

楓さんの方を見て、微笑みました。わたし、実はちょっと考えていたのですけど、紗代さんと楓さんって、性格的に合うかもしれないって。独身を貫《つらぬ》いている楓さんだけど、それは別に主義ではなくただ縁がないだけだって言ってました。

姪としては、ふらふらしていて家を訪ねることもなかなか難しい今の状況が変わって、温かな家庭を築いた楓さんの家を訪問するということもしてみたいなぁと。バツイチだという紗代さんだけど、楓さんはそんなことを気にする人じゃないし。

これまでの様子を見ると、紗代さんも、とりあえず楓さんみたいな人を苦手じゃなさそうだし、嫌がってる素振りもないし。どうなのかなぁと。

そんなことを考えている場合ではないのですけれど。

「謎の人に会えるかもしれないっていう楽しみもできたわけだし」

「そうそう」

香織ちゃんの言葉に頷いて、他の部屋を見に行こう、と楓さんが先頭になって部屋を出ました。

「とりあえず、ここは〈図書室〉でいいですね」

香織ちゃんが言いました。

「後で間取り図を描かなきゃ」

それは満ちるさん得意ですよね、と訊きます。もちろん。これでもイラストレーターですから。

楓さんが隣の部屋の扉を見上げています。

「大きな扉だなぁ」

映画で見るような、アーチになった、両開きの扉。重そうな、そして見事な蔦《つた》の絵が彫刻《ちょうこく》されています。その他に格子《こうし》や何かの印のような不思議な形のもの。重厚、という言葉をそのまま表現したような扉。

「見事ですね」

「これだけで何十万もしそう」

香織ちゃんが唸って言いました。

「ホールか何かなのかな？」

楓さんが言いながら両手で、鉄製のリングになっているドアノブに手を掛けました。ぎぎ、と音がして、ゆっくりと扉が開くと、真正面に十字架が見えました。

「礼拝堂だ」

小さな、十人も入ったら一杯になってしまいそうな部屋だけど、立派な、そう表現していいのなら礼拝堂と思えるものでした。正面には十字架にはりつけにされたキリストの像が、大きな木の箱のようなものの上に立っています。その奥の壁の上にはステンドグラスが入った窓もあります。どこも割れていません。

「マリア様」

「キリスト様」

香織ちゃんと紗代さんがかわりばんこに言いました。マリア様はステンドグラスの方にいます。

「誰か、キリスト教系の学校出身者は？」

楓さんが訊くと、皆が首を振って、紗代さんが言いました。

「生憎《あいにく》私は仏教系で」

「僕もですよ」

少なくとも、と、楓さんが続けます。

「この建物を造った人はキリスト教徒だったわけだね」

並んだベンチのような木の椅子には、うっすらと埃が積もっています。ここに出入りしている人は、どうやらキリスト教徒ではないようです。楓さんが、とりあえずは無事を祈っておこうかと、十字を切って両手を組みました。

「こんな感じだったっけ？」

苦笑いしながら、どこかで見たお祈りの仕方を見よう見まねでします。わたしたちもそれに続きました。

「キリスト様って、無事を願っていいんでしたっけ？」

香織ちゃんが訊いたけど、誰も答えられませんでした。

「ま、神様には違いないだろうから」

楓さんは、けっこう大雑把《おおざっぱ》です。

「あそこにドアが」

香織ちゃんが指差したのは、部屋の右奥。普通のドアではなくて、かがんで入っていくような背の低い茶色のドア。

「神父さんの部屋とかかなぁ」

言いながらすたすたと歩いて、楓さんがドアを開きました。

「あぁ、ここだったのか」

洋裁をする部屋のようです。

祖母はここで洋裁を習っていたというのに、今までの部屋には、ミシンがどこにもなかったので不思議には思っていました。

もともとは、ひょっとしたら楓さんの言うように、神父さんが休憩する部屋だったのかもしれません。六畳ほどの広さで、何故か天窓がついているその部屋に、古い古い足踏み式の黒いミシンが三台並んでいました。壁には、パッチワークで作られたタペストリー。このミシンで作ったのでしょうか。かなり大きな作品です。

「シンガーのミシンね」

紗代さんが言いました。

「詳しいんですか？」

訊くと、それほどでもないけど、と言います。

「一応、専門学校に通ったの」

「そうなんだ」

「シンガーって、アメリカのメーカーだよね」

楓さんが言いました。

「たぶん、そのはず」

「ということは」

しゃがみこんで、ミシンの台とかを眺めています。

「これは、そのロンさんというアメリカの人が用意したのかなぁ」

ロンさん。祖母の話に出てきた、この〈学校〉に住んでいたアメリカ人。何故ここに住むようになったのかは何も聞かされていないけど、英語の先生。そして、洋裁の先生はけい子さん。

「あらためて思うけど」

紗代さんも、ミシンを触って言いました。

「昭和二十五年だったって記憶しているけど、その時代にこういうものを用意するって、けっこう大変なことだったんじゃないかしら」

しかも、こんな田舎に。それはそうだと思う。今でこそ車で簡単に来られるけれど、その昔は汽車しかなくて、その駅も、ここから車で二十分。車のなかった時代は歩いて通ったと言っていた。

「この家の持ち主だった横嶺という人が用意したのかも」

香織ちゃんがそう言ったけど、何もかも、わたしたちの祖母の昔語りの記憶の中に答えはありません。

「調べたいことが山ほどね」

紗代さんがそう言って、皆で苦笑しました。

玄関の上の部分の二階は、どれも物置として使っていたようでした。天井が低く、子供部屋にはいいかもしれないけど、大人は身長一五六センチのわたしでも天井がぎりぎりの高さ。楓さんは寝室だったのかも、と言いました。

「床にベッドの跡のようなものがある」

確かに、そこだけ色が変わっている部分が何ヶ所かあって、ちょうどベッドぐらいの間《かん》隔《かく》でした。

「じゃあここで寝ます?」

香織ちゃんが言うと、楓さんが首を横に振りました。

「不測の事態があったときには、一階の方がいいからね」

全部の部屋を歩いた結果、女性三人が一階の応接室のような部屋を寝室に使い、その隣の小さな控え室を楓さんが使うことにしました。向かい側に台所もあるし、二つの部屋がドアで繋がっているので、何かあったときにも便利です。

寝床を作るために、テーブルや椅子を運び出して廊下に並べました。台所から料理を運んでそこで食べようということになったのです。廊下で食べるというのも、また風情《ふぜい》があっていいと楓さんが提案したんです。

持ってきた掃除道具を出して、服を汚れてもいいものに着替えてエプロンをつけて、皆でわいわい言いながら準備をしていました。

夜の食事の分の材料は持ってきていました。疲れるだろうから、簡単にご飯だけ炊《た》いて後はレトルトのカレーと野菜を切ってサラダ。スープもお手軽な缶詰《かんづめ》。

電気はちゃんと通っていました。昔のではなく、現代のメーターがきちんと設置されている電気。ガスはプロパンガスが設置されていたけど、こちらは当たり前かもしれないけど空《から》でした。水道はきれいな水が流れてきて問題はありません。

電気も水道も契約は誰がして、料金はいったいどこから支払われているんだとか次々に湧いてくる疑問は後回しにしました。

トイレは簡易水洗のようでしたけど、とりあえず古来のあれではなくて、わたしたちはホッとしていました。

「お風呂が心配だったけど良かったね」

香織ちゃんが嬉しそうに言いました。そうなんです。いくらなんでも一週間いるのにお風呂もシャワーもなしでは困ります。いざとなったら近場の温泉まで車で走ろうと楓さんは言っていたのですが、ちゃんとありました。ガスではなく、薪《まき》を焚《た》く昔ながらのお風呂でしたけど。

女性の中には神経質な人もいるけど、幸いなことにわたしも紗代さんも香織ちゃんも平気でした。まるで昔の映画に出てきたお風呂みたいで、むしろ皆で喜んでいました。

楓さんがキャンプに使うエアーマットを膨《ふく》らませたりしているうちに、わたしと紗代さんと香織ちゃんがあちこちを掃除して、台所には楓さんご自慢のアウトドア用のコンロを設置してきちんと使えるようにして、一通り片づいた頃、窓からはオレンジ色の光が差し込んできました。

「暗くなる前に、外をぐるっと歩いておこう」

周囲に危険なところはないか、どんなふうになっているのか確かめておかなきゃならない。アウトドアの基本だそうです。もっとも今回は厳密なアウトドアではないけれど。

小さい頃、何度か来たことがあるけど、こんなにゆっくりと見るのはもちろん初めて。なだらかな山が続く向こうに、陽が沈んでいこうとしています。まだ青い空と、オレンジ色が強くなってきた低い空、かすむ雲の波。

振り返ると、まだ葉っぱの密度が薄い木々の向こう側、小さな村落が少しだけ見えます。わたしが四歳まで過ごした、生まれ故郷の町。

「同級生というか、同い年の子供とかはいないの？」

紗代さんが訊きました。

「この町にはいないんです。幼稚園も保育園もなくて、子供自体少なかったから」

故郷という感覚はむしろ今父母が住んでいる町の方が強い。ここの記憶は本当にわずかしかない。

「山や川で遊んだ記憶はあるんですけど、それは今の故郷にもあるので、ごっちゃになっていて」

だから、わたしにとってこの町の記憶はほとんどこの〈学校〉しかない。祖母に連れられて、何度か訪れた記憶。ほんのわずかなわずかな記憶。

「そのときから、ミツさんはここを満ちるに渡すのを決めていたのかな」

楓さんが、ゆっくりと歩きながら言いました。

「どうなんだろうね」

祖母は、何を思い、この〈学校〉を守ってきたのか。

「あそこに川がある」

先を歩いていた香織ちゃんが指差したのは、ここに来たときの道路と反対側の山の方。木立《こだち》の合間に細い小さな川。

「あそこで遊んだのかな」

「わかんない」

沢と言った方が似合いそうな感じ。

「魚でも釣《つ》れないかな」

「道具は」

「持ってきてるよ」

魚釣りをしたことがないという香織ちゃんが、やってみたいと言いました。

「じゃ、明日だな」

小さな丘は、そうやって少し話しながらぐるりと回るだけで終わってしまいます。下りていったらどこまでも続く山の中。きりがありません。

「熊とかは」

紗代さんが言うと、楓さんが首を横に振りました。

「〈学校〉の外壁に何の傷もない。これだけ長い間ああしてここに建っているのに、動物が傷つけたあとは何もないから大丈夫でしょう」

おばあちゃんたちの話にも出てこなかったでしょう？　と楓さんが続けて言うと、三人とも頷きました。

「鹿《しか》は出るって」

「あ、それはわたしも知ってる」

小さい頃に、出たことがある。

「あと、リス」

出てきたらかわいいなー、と香織ちゃんが言いました。

「とりあえず、これだけ見通しがいいと楽だね」

「何が楽なんですか？」

香織ちゃんが訊くと、楓さんがにやっと笑った。

「監視」

誰にも知られずに、もしくは誰かがやってきてもすぐに判ると、楓さんは笑いました。

晩ご飯を食べ終わると、楓さんは先に眠ってしまいました。

何でも、どんな事態が起こるか判らないから、当分の間は夜も起きていて監視をするそうです。何もそこまで、と紗代さんは言ったけど、わたしは放っておきました。好きなんです、楓さんそういうの。

わたしたちが寝るときに起こす約束になりました。そして、眠くなるまでの間、テレビも何もないここでわたしたちがすることは、お話を書き留めること。

祖母たちから聞いたここの話を、ひとつひとつ思い出して、三人で記憶を辿り照らし合わせて、ここで何があって、どんな暮らしをしていたのかを、ひとつにまとめること。

「楽しそうよね」

寝室に選んだ応接室に、二階にあった小さな卓袱台《ちゃぶだい》を運んで、そこを三人で囲んで座っていました。

灯りは楓さんが持ってきたアウトドア用の電池式のランプ。

「何から始めようか」

紗代さんが言いました。

「まとめるのって、難しそう」

香織ちゃんがちょっと顔を顰《しか》めます。

「項目ごとにまとめる方が、思い出しやすいかも」

「項目？」

そう、項目。

「たとえば」

ロンさんの人柄。

けい子さんの人柄。

学んだこと。

出来事。

町の様子。

「そんなふうに分けて思い出して、箇条《かじょう》書きにしていって、後からきちんと文章にしていけば」

「いいわね」

イラストレーター辞めて、うちの会社に来ない？　と紗代さんが笑いました。できません。会社員がとことん向いていなくてこの職業を選んだのに。

「人柄かぁ」

香織ちゃんが、天井を見上げて考えました。

「ロンさん、背が高かった」

「うん、見上げていたって。首が痛くなるぐらい」

「でも、それは人柄じゃなくて身体的特徴」

三人で笑いました。

そうやってわたしたち三人の孫娘は、夜中じゅう、眠くなるまで話し込んでいました。それぞれの祖母から聞かされた話を、ひとつひとつ思い出しながら。思い出話として、昔話として聞かされていたそれに、血肉を通わせようとしたのです。

〈おばあちゃん〉としてしか認識していなかった三人は、どんな人生を生きてきた女性だったのか。そして、この建物で三人に英語と洋裁を教えていたという二人。

ロンさんという外国人と、けい子さんという女性はどんな人だったのか。

「こうして夜の灯で見ると、本当に素敵な建物よね」

そう言って紗代さんが微笑みました。わたしも香織ちゃんも大きく頷きます。小さなライトに照らされた部屋の中は、まるで古い映画のセットのようです。

「そもそもこの〈学校〉を建てたのは」

香織ちゃんが言うと、三人で声を揃えました。

「横嶺さん」

そうです。その名前はよく祖母の口から聞かされました。

横嶺さんが建てたのよ。

横嶺さんは名士だったの。

横嶺さんから頼まれて、家を管理していたのよ。

「昭和の初めの頃でしたよね」

言うと、紗代さんが頷きます。

「その頃にこんな建物を建てられたのだから、相当なお金持ちだったんでしょうね」

でも、父や母はその人のことを知りませんでした。村の名士だったのなら、子孫がまだ残っているとか、あるいはお話ぐらいは伝わっていても良さそうなものだったんですが。

「戦争で亡くなったのかもね」

紗代さんがそう言うので頷きました。何もかもをなくしてしまったほどの大きな戦争。わたしたちは、その出来事を歴史的事実として勉強はしていても、どういうものだったのかは実感できません。

「けい子さんに、ロンさんに、横嶺さん」

「けい子さんの名字って、知ってます？」

香織ちゃんが、頷きました。

「確か、金崎さんって言ってた」

紗代さんも頷きます。金崎さん？　それは知らなかった。でも。

「金崎さんって、確かこの町が村だった頃の地主さんですよ」

「そうなの？」

確かそのはずです。母がそんなことを言っていました。

「新しい情報ね」

紗代さんがノートに書きつけました。〈地主の金崎〉〈けい子さんはそこの娘〉。

「ということは、けい子さんはもともとはここの地主さんの家系の娘」

そういうことになります。紗代さんが、ボールペンのお尻で、とんとん、と卓袱台を叩きました。そして少し顔を顰めて、うーん、と唸りました。

「どうしました？」

「いや、横嶺さんと金崎さんが、かぶるわねって思って」

「あぁ」

紗代さんの見解に、香織ちゃんが頷きます。

「横嶺さんがこんな建物を建てるここの名士だったのなら、そのまんま地主でもおかしくないよね」

その通りです。香織ちゃんが、ポン、と手を打ちました。

「その辺って、ほら図書館とか町役場とかにある、なんとか史って本にまとめられてるんじゃ」

あ、と三人で頷きました。

「さすが現役大学生」

この町自体に図書館はないけれども、谷を抜けた海側の方には町役場があります。そこになりきっと。

「明日、まずはそこかな」

「そうですね」

この建物のことを知るためにいきなり町に出ていって、家を一軒一軒訪ねるわけにもいかない。祖母や父母のことを知っている人はまだいるだろうけど、正直そんなに親しくはありません。

「役場に観光課とかないのかしら」

「どうでしょうね」

この町は本当に何もない町。谷を抜けてJRの駅がある方に行けば少しは賑やかにはなるけれど、コンビニは一軒だけ。小さな海水浴場がひとつ。

「そもそも観光課とかあったら、こんな素敵な建物を放っておかないんじゃ」

「確かにね」

紗代さんが頷きながら、またノートに眼を落としました。

「ロンさんって」

「うん」

「アメリカ人？」

香織ちゃんとわたしが顔を見合わせました。二人でうーん、と唸り合いました。

「外国の人、ってことしか」

「ワタシもー」

祖母から聞かされた昔話には、外国人のロンさん。金髪で、青い眼で、背が高くて、優しくて。それしかありません。

「まぁ、ロン、という名前はアメリカかイギリスっぽいわね」

「金髪で青い眼だから、アジア系でないのは確かですよね」

「ずっと」

紗代さんが、真面目な顔をしました。

「不思議に思っていたの」

「何ですか」

「ロンさんは、何故この町に住んでいたんだろうって」

戦争が終わって間もない頃。進駐軍としてたくさんのアメリカ兵が日本にやってきた。それは知っています。それから考えるとロンさんはアメリカ人である可能性が高そうです。

「もしロンさんがそうやって日本に来たとして、そして地主の娘であったけい子さんと知り合ったとして、二人でここで暮らしていたのは」

「結婚したってことですよね」

香織ちゃんが言いました。

「夫婦だったたって、言ってましたよおばあちゃん」

「でしょうね」

それにしても、何故アメリカ人がこんな片田舎でという疑問は確かにあります。

「英語と洋裁を教えていたけど、それが生活を支える収入になっていたとは思えないでしょ?」

「そうですね」

「農業などをやっていたって話は?」

「聞いてない」

香織ちゃんが言ったのでわたしも頷きました。

「よっぽどのお金持ちだったのかな、ロンさんは」

別荘か何かのつもりでここを買って住んでいたのか。考えてみれば不思議です。三人の祖母に多大なる影響を与えた、けい子さんとロンさん。

その二人は、何者だったのか。

四

「遅かったの」

からからと木戸の音を立てて私が土間に入っていくと、手押しポンプの手を止めておばあちゃんが言った。

「ごめんね。役場から真っ直ぐお屋敷に行ってたんだ。すぐ手伝うから」

「ええけど、なんぞあったんか」

おばあちゃんは、私がお屋敷に行くことを、頼まれてあそこのお掃除なんかをしているのをあまり喜んでいない。そもそもこの村のおばあちゃんたちぐらいの年齢の人たちは、あのお屋敷を、持ち主である横嶺さんのことをあまり良く思っていない。小さい頃はそんなことも感じなかったんだけど、この年になると色々と判ってくる。

「きりちゃんが、昨夜猪《いのしし》が出たっていうから、様子を見に行ってきただけ」

そう言うと、おばあちゃんはふううん、と頷いてまた手押しポンプをがしゃんがしゃんと動かした。何かぶつぶつ小声で言ってるけど聞こえないふりをした。水が流れる笊《ざる》のところには青々とした菜っ葉がたくさんあって、水を弾き返している。味噌汁の具にするんだろうと思う。

「いつまで手伝うんね。横嶺の屋敷の世話」

「いつまでって」

おばあちゃんは、ふと、手を止めてどこか遠くを見るように顔を上げた。

「横嶺から連絡なんかなんもありゃせんだろう。放っといても良かろうに」

「でも」

約束したんだからと言うと、おばあちゃんは仕方ないという風に息を吐く。

「それに、あんな立派な建物はきちんとしておかないと可哀相じゃない」

横嶺さんがこの村の人に嫌われていたとしても、建物には何の罪もない。きれいなものはきれいなままにしておきたい。そう言うとおばあちゃんはこくんと頷く。

「もし、もしもだけど、横嶺さんがお屋敷を手放してあれがこの村のものになったとしたら、きれいにしておいた方がいいでしょう?」

「そんな話あるがか」

「もしも、の話よ」

「まぁ、それはそんだなぁ」

そして、別の目的もできてしまった。ロンさんとけい子さんがあそこに住んでいる間は、私たちが守らなくてはいけない。

お屋敷も、二人の生活も。


横嶺さんは、村の人間じゃない。

戦前から東京で貿易の仕事をしていたという話だけど、詳しいことは私たち若いものは知らなかった。

私たちが生まれる前の話だ。何か商売のついでに偶然にこの村に立ち寄って、〈さくらの丘〉の桜をいたく気に入って、そこの土地を買ってあのお屋敷を建てたそうだ。

お屋敷が出来上がり、季節になると横嶺さんは一族郎党、たくさんの人たちを引き連れてやってきて、桜を愛でるためだけの豪華な宴席を開いた。そのためだけにわざわざ遠い道程《みちのり》をやってこられるというだけで、豪気《ごうき》なものだと思う。

その宴席には村の女たちが雇《やと》われて料理をして、男たちはお風呂の支度や宴席に出す肉のために狩りなどもしたそうだ。それは桜が散るまで何日も続けられ、花が散っても今度は桜絨毯《じゆうたん》だと酒を飲み騒ぎ、そうして潮《しお》が引くように一斉に帰っていく。

そんなことを毎年のようにしていたそうだ。大層な御大尽《おだいじん》だったんだろう。

もちろん私たちにはそんな記憶はなく、あるのはあの〈さくらの丘〉のお屋敷を建てたお金持ちの東京の人、という認識だけだ。会ったことがあるのも、秘書だという柳沢《やなぎさわ》さんという男性だけ。

その宴席のために、村の人たちがただ働きをしていたというわけではない。きちんとどころか、一年泥にまみれて働いてようやく稼《かせ》げるほどのお金が、支度金《したくきん》として皆に支払われたそうだからすごい。もちろんその全てが懐に入るわけではないのだけど、臨時収入としては大層なもので、横嶺さんがやってくる春の桜の季節を心待ちにする人もいたそうだ。

でも、金に生きるのはさもしい。

だから、横嶺さんを嫌う人もいた。何よりも横嶺さんが嫌われた原因になったのは、土地を売った輪島《わじま》さんという人のことらしい。

たまたまあの丘の持ち主が輪島さんだった。

畑にできるわけでもなく、売れそうな木も生えていないあの丘はただ持っているだけの土地だったそうだ。

そのただの痩せこけた土地をとんでもない値段で横嶺さんが買った。買い上げた。そして輪島さんはとんでもない大金持ちになった。

それまでは気さくな性分の良い人で村の仲間だったと聞いた。でも、お金が入ると人が変わったように町に出て遊びほうけた。もちろんそれを戒《いまし》める村の仲間もたくさんいたのだけど、輪島さんは聞く耳を持たなかった。

それはそうかもしれないと、私も思う。こんな田舎の村にいてできることはたかが知れている。お金があるのなら、お金を使えるところに行きたいと思うのは当然だと。

でも、輪島さんは使い方を間違えた。金は人の心を狂わせると聞くけど、本当のことなんだろう。

先祖伝来耕《たがや》して家族の生計を支えてきた田畑も荒れ果てた。あっという間に金を食い潰《つぶ》した。お金を使うことを憶えてしまって、そこから抜け出せずに大きな借金もしたらしい。賭事なんかにも手を出したらしい。

そうして、輪島さんの家族は離散した。

噂《うわさ》では自殺した人もいたらしい。

そういうことなのだ。横嶺さんが嫌われている原因は。あのお屋敷に誰も近寄らないのは。戦争が始まる前から横嶺さんは桜の宴会にやってこなくなった。もちろん、戦争中も。

残ったのはあのお屋敷だけで、私たちがその管理を任されている。

「ミツ」

「はい」

着替えてきて土間に下りると、漬物《つけもの》を出してくれとおばあちゃんが言うので、梯《はしご》の下の板敷きをはがした。ぷん、と古くさい匂いが上がってくる。しゃがみ込んで手を伸ばして、甕《かめ》の蓋《ふた》を開けて糠《ぬか》の中に手を突っ込む。茄子《なす》を二本摘んで腕を上げる。

「そういやぁ、桐子の兄っこ」

「うん」

戦争からまだ帰らない、きりちゃんのお兄さん。寛治《かんじ》さん。

「葬式あげるってよ」

「え」

笊の上に茄子を置いて、水を掛けようとしたのだけど、思わずその茄子を落としてしまって、慌てて拾った。

「そうなの？」

「あそこのお父っさんが言っとった。手紙が着いたと」

「手紙？　いつ？」

ほんの一時《いっとき》ほど前だそうだ。私たちが、お屋敷でけい子さんとロンさんと話している間に。

「駄目、だったの？」

ほんの少しだけ、聞くのが怖くて小声になってしまった。おばあちゃんは私の方を見ないで、ざくりざくりと菜っ葉を切りながら頷いた。

「どうして、今頃になって」

戦争が終わってもう五年も経っている。おばあちゃんはざくざく切った菜っ葉を、鍋の中にざっと入れた。

「病院さいたと」

「病院」

うん、と頷いた。

「向こうで怪我して帰ってきたことはきたっけね、んだども東京のどこかさほっつき歩いて、倒れて、何年も病院さいたと。ついこないだ、同じ隊にいた軍医さんがその病院さ行って偶然会ったって」

「会ったって、じゃ、そのときは生きていたんでしょ？」

「すぐ死んだってさ。よぉ判らんけど、死んだことは確かだって」

大方、気を病んで故郷に帰ってこられんかったんだろう、とおばあちゃんは吐き捨てるように言った。

続けて、呟くように、呪うように言った。

「戦争は、駄目だ」

駄目だ駄目だ、と二度呟いた。

「人を壊す。国を壊す。なんもかも駄目にしちまう」

ふぅ、と肩が落ちた。まだ茄子を握ったままの私を見て、微笑んだ。

「茄子があったまっちまうで」

「あ」

私の手から、そっと茄子を取った。取って、まな板の上に載せた。

「あんたらは、勉強せんと」

さくっ、とへタのところに包丁を入れた。

「女やからと遠慮せんと、勉強して、いい人と結婚して、賢《かしこ》い子を産んで、きちんと育てて、戦争なんかせん国になるように、育てんとなぁ」

育てんとなぁ、と繰り返して、優しくおばあちゃんは笑った。

判ってる。おばあちゃんはとても厳《きび》しいけれど、私たちのことを本当に大切に思ってくれている。だから、皆が不自由する戦争なんかが大嫌いだったこと。

「桐子、今頃泣いとるやろ」

飯を食べ終わったら、顔出してやりなと言った。そうしよう。きりちゃんは、優しいお兄さんが大好きだったから。戦争に行ってしまったときにはわんわん泣いて、泣きつかれて眠るまで泣いていたのだから。きっと、話を聞いたはなちゃんも来るはずだ。ちょうどいい。

そのついでに、お屋敷まで行ってこよう。ロンさんとけい子さんは荷物の中に少しのお米と野菜を入れてきていた。きっと軍の支給品だと思う。英語の文字が書かれた缶詰もあったけど、その他の食べ物はなかった。

家にあって、少なくなっても怪《あや》しまれないもの。野菜とか、お漬物とか、塩漬けの魚とかを持っていってあげよう。

5

コーヒーの良い香りで目が覚めました。

夢の中で、コーヒーだ飲みたい、と思ったところで眼が覚めて、本当にコーヒーの香りがしてきたので、あぁやっぱりコーヒーが入っていたんだなと。

紗代さんと楓さんの声が廊下の方から聞こえてきました。ゆっくりと上体を起こすと、香織ちゃんがわたしの横で、ううん、と声を上げて寝返りをうって、その眼がぱちりと開きました。

「おはよう」

「おはよう、ございます」

ぴょん、と飛び上がるように身体を起こします。それからきょろきょろして、伸びをしました。モデル並にスタイルがいい香織ちゃん。少しよれたTシャツの下にきれいな素肌や胸がのぞいて、同性といえども少しどきどきしてしまいます。

「眠れた？」

「うん。ワタシ、どこでも寝られるんですよね」

どうやら三人とも順応力も高いし、寝起きもいいみたいです。かちり、と音がして、ドアが開いて紗代さんが顔を覗かせました。

「起きた？」

「おはようございます」

ちょうど、朝ご飯ができたところ、と紗代さんが微笑みました。

「低血圧の人がいないのは良かった」

楓さんがそう言って笑いました。笑ったのは、わたしの母親がひどい低血圧で、朝はものすごく機嫌が悪いのを知っているからです。

「今日の予定は？」

コーヒーを飲みながら楓さんが訊きました。

「まず、町役場に行ってくる」

ちょっと考えて、あぁ、あそこか、というふうに楓さんが頷きました。

「そこで町の歴史の資料があったら読んで、この建物の持ち主であった横嶺さんという人を」

「調べてみるわけだ」

「それと、金崎さんも」

昨日の夜に話したことを教えてあげました。町の名士だった横嶺さん、そして、ここに住んでいたけい子さんは金崎さんという名字。そして、金崎さんというのは確かこの辺りの地主さんだったはずだと。

「なるほど。その二人のことが判れば、この〈学校〉が建てられた経緯も判るはずってことだね」

「じゃあ、その間に僕は一眠りして、それから家の中を全部調べるよ」

「家の中？」

昨日、一通りは回ったのに。そう言うと楓さんは天井を指差しました。

「たとえば、屋根裏とか、床下とか、あるいは秘密の部屋とか」

「秘密の部屋？」

紗代さんが笑いました。楓さんは、いや冗談じゃなくて、と手をひらひらさせます。

「残ったもう一本の鍵」

そうです。昨日、全部の部屋を回りました。紗代さんがおばあさんに貰った鍵は玄関の鍵。香織ちゃんが貰ったのは図書室の鍵。

でも、わたしが貰った鍵はどこの鍵でもありませんでした。その鍵が合う部屋はどこにもなかったのです。

「使わない鍵をわざわざ遺すとは思えないよね。これだけ古い家だし、建てた頃のことを考えればまるっきり可能性がないわけでもないよ」

「そうか」

「それと図書室にある本も全部調べるよ。何か書きつけとかそういうものがどこかに挟まっている可能性もあるし」

そう言って、さらに、と続けてから悪戯っぽく笑いました。

「さらに?」

「図書室に通ってきてる人が、現れる可能性もあるからね」

三人で、そうか、と頷きました。

「その人が現れれば、足を使って調べる必要もなくなるかもね」

車を運転するのは紗代さん。わたしも免許を持っているけどペーパードライバーで、香織ちゃんは取ったばっかりでした。わたしは助手席に座って、地図をめくりながら微かな記憶を辿って役場への道をナビゲートしました。

ここは本当に町なの? と思うぐらい小さい故郷の町をあっという間に抜けるとすぐ

に、緑の濃い山に囲まれた一本道。迷いようもありません。

「とにかく、道なりに真っ直ぐです。そうすると海岸沿いの道路に突き当たるので、そこを左です」

「ＯＫ」

窓を開けると、緑の気配をはらんだ風が吹きこんできます。田んぼと畑と緑深い山。何を見ても香織ちゃんはトトロみたい！　を連発します。

「環境は良いわよねー」

ハンドルを握りながら紗代さんが言います。

「でも、他に何にもないから」

住んでいる人たちには失礼だけど、とてもわたしには住めそうもありません。遊びに来るのはいいけどねー、と香織ちゃんも笑いました。

信号がひとつもない道路。信じられない！　と紗代さんが笑います。ほとんどブレーキを踏むこともなく車は海岸沿いの道路に突き当たり、海を右手に見ながら走りました。

わたしの記憶では、小さな海水浴場のすぐ向かい側にあったはずの木造の町役場は新しい建物になっていました。平屋ではあるけれど、ちゃんとした新築のコンクリートの建物。

〈受付〉なんていう看板もなくて、玄関を入るとすぐにカウンターがあって、その向こう側で、机に向かって仕事をしている四人の人たちがいるだけです。

すみません、と声を掛けると、ちょうどそこにあるコピー機にコピーを取りに来たらしいおじさんが応対してくれました。

「この町の歴史などをまとめた、町史のようなものはありませんか」

あったら、閲覧《えつらん》したいのですが、と、いちばん立派な社会人に見える紗代さんが言うと、そのおじさんがくいっ、と首を捻りました。

「あるにはありますが」

町の人ですか？ と訊かれます。紗代さんが違いますと言うと、申し訳なさそうな顔をしました。

「残念だけどねぇ」

町民じゃない方が自由に閲覧できる資料ではない。町民じゃない方が見るには申請を出してもらわないとすぐには見られない。そして申請を出してから許可が出るまでには二日ばかりかかる、と言われました。

「申請しますか？」

「あの」

訊いてみようと思いました。二日待ってもいいけど。

「元の町民じゃ駄目ですか」

「もと？」

「わたし、子供の頃に桑園《そうえん》の先塚《さきづか》に住んでいた宇賀原なんです」

おじさんの眼が丸くなったような気がしました。

「宇賀原さん？」

「はい。そこに三年前まで住んでいた宇賀原ミツの孫なんです。わたしが引っ越したのはもう二十年も前なんですけど」

あぁ、という声がおじさんの後ろから上がりました。

「ひょっとして、満ちるちゃんか」

＊

すぐ隣にあった資料室に案内してくれたのは、同じ先塚に住んでいるという大盛《おおもり》さんという方でした。申し訳ないことにわたしは覚えていなかったんですが、家は三軒ほど向こう側。

「お母さんは、元気ですか」

「はい」

大盛さんは、お母さんとは十歳ほども違うけど、同じ小中学校だったそうです。そして、四歳までしかここにいなかったわたしを覚えていてくれました。そして、祖母とは引っ越し直前まで親しくしてくれたそうです。亡くなったことを教えると、少し驚いていました。

「お元気そうだったけどね、いつまでも」

「そうですね」

紗代さんが、ちょっと、という感じでわたしを見て、その意図が判りました。

「あの」

「はいはい」

「丘の上の西洋館をご存知ですよね。〈さくらの丘〉の」

大盛さんは、こくんと頷きます。

「もちろん」

「持ち主は、誰なのか知っていますか」

持ち主？　と言って首を捻りました。

「さてな、正確なところは登記簿とかで確認すれば判るだろうけど」

「町の人は知らないんですね」

判らないな、と頷きました。ということは、祖母はやはりあれが自分たちのものだと、親しい人にも教えていなかったということです。

「あの家は」

本棚から何かの資料を出しながら、大盛さんは言いました。

「私が生まれるずっと前からあそこにあってね。満ちるちゃんもそうでしょう。むやみに近づいてはいけないって教えられて」

わたしはそうではなかったのだけど、他の人にとってはそうだったんでしょうか。でも話を合わせるために頷きました。

「小さい頃は肝試《きもだめ》しとかで、悪ガキたちと一緒に行ったこともあったけどねぇ」

「入ったこと、あるんですか」

ないない、と手を振りました。

「近づくだけで、逃げてきたよ」

どこか近寄り難《がた》い場所だからなぁ、と言います。それから、取り出した資料とわたしたちの顔を見比べて、少し怪訝《けげん》そうな顔をしました。

「ひょっとして、町史で調べたいのは、あの西洋館のことなのかい？」

「そうなんです」

理由を訊かれたら答えようと思っていました。実は、あの家は祖母の持ち物だったのだと。それを遺されたのだけど、どういう経緯で手に入れたのかを伝えずに亡くなってしまったのだと。

でも、大盛さんは、なんだ、と微笑みました。

「それなら、君島さんに訊けばいい」

君島さん？

「知らないかい？」

「すみません、知りません」

大盛さんは、ひょいと手を伸ばして表の方を指差しました。

「君島工務店。この道路沿いに、車で五分ぐらいかな。あの西洋館の補修をずっとやってるところだよ」

五

私たちの朝は、村役場になっている小学校の教室のひとつの掃除から始まる。その昔は村役場は村長さんの家の離れだったのだけど、いつからか使っていない小学校が村役場になった。

きりちゃんとはなちゃんと三人で、バケツに水を汲《く》んで雑巾《ぞうきん》を絞《しぼ》って、床から窓から机まで、何から何まできれいに磨く。

なんのことはない。小学生の頃と同じことをやっているのに、今はお給料を貰って掃除をしているんだと思うと、ときどき不思議に感じる。不思議にも思うし、嫌になることもある。

私は、ずっとこうやってこの村でこの小学校の掃除をしていくのだろうかって。

掃除が嫌なわけではない。小学校が嫌いなわけではない。そうやって続いていく日常がいつまでもいつまでもそこにあるのかと思うと、少しげんなりするだけ。

村役場の仕事は、君島のおじいちゃんがずっとやってきた。もちろん戦争前は他にも何人か村役場の仕事をする人がいたけれど、働いていた男の人の多くは戦争に行ってしまったし、戦時中は何もすることがなくなってしまった。何もできなくなってしまった。

今は、君島のおじいちゃんと私たちだけでやっている。君島さんは元々は大工さんで、この学校を建てるのだって手伝った。詳しくは知らないけれど、この村では唯一都会で勉学を修めた人らしい。建築の勉強もしてきたらしい。

だから、修繕とかの仕事を全部やっていて、自然と役場の責任者みたいになった。今ではきちんとお給金を貰って、修繕はもちろん、事務の仕事もしている。

それでもだんだんと仕事が増えてきたので、そろそろ向こうの町の役場から人が派遣されてくるだろうって君島さんが言ってた。むしろ来てくれなければ困る。

戸籍の整理や土地家屋の調査、税金の徴収《ちょうしゅう》から保健婦の派遣《はけん》や学校の運営。何から何まで私たちだけでやるのは、いくら小さな小さな村とはいっても、確かに無理があると思う。

きりちゃんは、お兄さんが亡くなったことが判っても、お休みしなかった。きりちゃんはそういう子だ。わんわん泣いて泣きつかれて、それでも一晩眠ったら元気になる。元気に振る舞う。

お葬式は三日後。親戚の人たちが集まれるようになってからするそうだ。

昨日の夜。晩ご飯の後に行ってみたら、きりちゃんは眼を真っ赤にしていた。はなちゃんもやってきていた。きりちゃんは私の顔を見ると、その眼からまた涙をこぼした。覚悟はしていたけど、やっぱり悲しいと言って私に抱きついてきた。

私は、細い細いきりちゃんの身体を強く抱きしめてあげた。

「昨夜ね」

窓を雑巾で拭《ふ》きながら二人に言った。

「うん」

「きりちゃんの家を出た後に、お屋敷に行ってみたの」

「どうして？」

きりちゃんもはなちゃんも少し驚いたように私を見た。君島さんは表で花壇《かだん》の手入れをしているから大丈夫。他に誰もいないこの学校の教室には私たちだけ。

「ちょうどいいから、お漬物や野菜を持っていっただけよ」

二人が、そうか、と頷いた。

「ロンさん、ちゃんと窓には毛布を張って、灯りが外に漏《も》れないようにしてたよ。外から見たらいつもとまるで変わりないからたぶん大丈夫だと思う」

そう、とまた二人で頷いた。話をしながら手を動かして、窓を拭いた。

「きりちゃんのお兄さん、亡くなったことが判ったって教えたら、ロンさんはすごく気の毒がっていた」

「そうなんだ」

実は、ロンさんのお兄さんも戦争で死んだそうだ。

「日本兵に、殺されたって」

はなちゃんが、苦しそうな顔をして胸を押さえた。きりちゃんは眼を閉じた。戦争とは、そういうものなのだ。

「きりちゃん」

「なぁに」

「ロンさん言ってたよ。きりちゃんに伝えてくださいって」

「なんて」

「お願いだから、アメリカ人全部を恨まないでくださいって」

自分も、兄を殺した日本の人を恨むことはしない。恨むとしたら、戦争なんかを引き起こしてしまった人たちだ。人が死ぬということを、人が人を殺すということを判っていて命令した人たちだ。

命令して、自分は安全な部屋で何事もなく暮らしている人だ。

兵隊として戦争に出た人間たちは、ただ、国を守る、家族を守るという思いだけで戦場に出ていったのだ。銃《じゅう》を構えたのだ。爆弾を落としたのだ。殺したくて殺したわけじゃない。

「だからね、お願いしますって。きりちゃんに伝えてくださいって」

きりちゃんが、しばらく眼を閉じた。窓を拭いていた手がゆっくりと下りていって、雑巾を握りしめた。はなちゃんが、きりちゃんの肩に手を掛けた。

「うん」

唇を嚙みしめて、きりちゃんは頷いた。私を見た。凜とした涼《すず》やかな瞳はお母さん譲《ゆず》りのものだ。

「大丈夫」

こくん、と頷いた。

「少なくとも、ロンさんがお兄ちゃんを殺したわけじゃないし。アメリカの人が皆悪い人でもないだろうし」

「そうだね」

「それに、ほら、田中《たなか》のおばあちゃんの話」

私たちの村では有名な話だ。爆弾が一度も落ちることのなかった私たちの村だけど、何の間違いか戦闘機が何度か飛んできたことがある。機銃掃射《きじゅうそうしゃ》で田んぼで働いていた人たちを撃ってきたのだ。

田中のおばあちゃんは、そのとき背中に赤ん坊をおぶっていた。今は五歳になった源《げん》ちゃんだ。おばあちゃんは前から迫《せま》ってきた戦闘機の迫力に動けなくなった。機銃掃射が田んぼの土を跳ね返して自分に迫ってくるのが判った。

でも、おばあちゃんの手前でぴたりと機銃掃射が止んだそうだ。そして、すれ違う直前に田中のおばあちゃんは見たそうだ。戦闘機の操縦席で、飛行士が微笑むのを。背中の源ちゃんに手を振ったのを。

撃っておかなければ上官に怒られるのだろうから撃ってきたけど、この命を助けてくれたのだろう。敵にも、優しい人がおる。この子はあの人に救われた。

田中のおばあちゃんはいつもそう言っている。

「だからね」

きりちゃんは、大丈夫、ともう一度呟いて微笑んだ。大丈夫だと思う。きりちゃんのとなら何でも判る。私たちはそうやって一緒に育ってきたんだから。

それから、仕事の合間を縫って君島さんに気づかれないように、私たちは計画を立てた。

どうすれば、ロンさんとけい子さんの二人の生活を守っていけるのか。誰にも気づかれないように、あの家で過ごしていけるのか。

「日用品の買い物とかは問題ないわよね」

きりちゃんが言うと、はなちゃんが頷く。

「役場のお使いの買い物ついでに行ってくればいいんだから、大丈夫」

「毎日、お屋敷に行くのも休憩時間に行けばいいんだから問題ない。三人で行かなくても交代で行けばいいし」

「そうよね」

その辺は大丈夫。私たちがいつもしている事だ。誰も疑問に思ったりしない。いちばんの問題は。

「やっぱり、食料品」

三人で頷き合った。いくらこの村の食料事情が他のところと比べたら良くても、大人二人分の食料を、誰にも知られずに確保するのは、さすがに大変かもしれない。

ロンさんとけい子さんは、私たちのように毎日芋と粟飯麦飯というわけにもいかないだろう。ここのところは白米もきちんと食べられるけれども、二人分の量を充分確保できるだろうか。相川《あいかわ》さんが売りに来る魚を二人分多くは買えないだろう。買い物ついでに港まで出ていって買うのも、きっと誰かがすぐに気がつく。どうして最近たくさん買うのかと。

小さな村だ。些細《ささい》なことでも誰かが不思議に思うと、それがあっという間に広まるかもしれない。何といっても、外人の男の人と、けい子さんなのだ。きっと贅沢に慣れているはずだ。

「そこはやっぱり我慢してもらうしかないよね」

はなちゃんが言う。きりちゃんがうーんと唸る。

「最初から我慢してもらうって決めるより、まずどうにかできないかを考えた方がいいと思うな」

私が言うと二人とも頷いた。そして、本当にどうにもならなかったら、我慢してもらう。我儘《わがまま》を言う人たちではないと思う。

「横嶺さんからも頼まれて、そして今度はあの二人からも頼られてるんだから、その分だけでも努力してみないと」

そう言うと、二人とも笑って頷いてくれた。

「魚は川で釣ればいいよ。ほら君島の吾郎《ごろう》ちゃんとかに命令して、釣っておけって」

「川魚もきっと大丈夫だよ。食べてくれる」

アメリカ人がよく食べるという肉はさすがに難しいかもしれないけど、ごくたまにならいけど、山で猪《いのしし》も捕れるし兎《うさぎ》なら罠《わな》を仕掛けておける。ロンさんにも協力してもらえばなんとかなる。

「それからミッちゃん」

きりちゃんが言った。

「なに？」

「お屋敷の様子を見に行くのを交代制にしようよ」

「交代制？」

「今までは何日かに一度、三人で一緒に行って、三人で帰ってきたでしょ？　でもこれからはそれじゃあ、もしそれ以外の日に何かあった時にけい子さんがわたしたちに連絡できなくて困ることがあるかもしれないじゃない」

そうか。そう言えばそうだ。

「そうだね」

はなちゃんも頷いた。

「だから、毎日誰か一人が必ずお屋敷に顔を出すことにしようよ」

「毎日かー」

少し考えた。今までと違うことをすると誰かが気がつくかもしれない。そう言うときりちゃんは、でも、と続けた。

「役場には毎日行くじゃない。まず、朝、役場に行く前にわたしがお屋敷に寄るの。わたしの家からだったら、裏の林を抜ければ誰にも気づかれない」

「そうか」

確かにそうだ。

「それから、お昼のお弁当を食べる時は、いちばん早食いのはなちゃんが散歩がてら様子を見に行くの。これも誰かに見られたって大丈夫よね。あと、ミッちゃんが町に買い物に出たときにも、帰り道に遠回りしてお屋敷に寄るの。そうして役場が終わって様子を見に行くのは今まで通り」

はなちゃんが指を折って何かを数えて微笑んだ。

「それを順繰りに繰り返せば、誰にも怪しまれないで毎日顔を出せるんだ！」

「そうそう」

それは、良いかもしれない。そうしよう！　と三人で頷き合った。けい子さんとロンさんにもその順番を教えておけば、きっと安心できるだろう。

「あれ？」

きりちゃんが、窓の外を見た。

「なに？」

振り返ると、校庭に郵便屋さんが来ていて君島さんと立ち話をしている。手紙が来たみたいだ。郵便屋さんが、それじゃどうも、と言いながら手を振った。君島さんも軽く手を振って応《こた》えた後に、手紙の封を切っていた。

「また何かのお知らせかな」

「そうかもね」

君島さんが開封する手紙はそれしかない。向こうの町の役場からだ。見ていたら、すぐに君島さんの顔色が変わったのが判った。眼が険《けわ》しくなった。

三人ともそれが判ったので、思わず顔を見合わせてしまった。何か、悪いことでも起きたのだろうか。

「おい！」

君島さんが顔を上げた。教室にいる私たちに向かって声を出した。慌てたように走り出したので、私たちもがたがた音を立てて椅子から立ち上がり、玄関に小走りに向かった。

「なんだろう」

あの君島さんの様子は尋常《じんじょう》ではない。玄関を出たところで、走ってきた君島さんと向かい合った。

「大変だて」

「どうしたんですか」

君島さんは手紙をひらひらとさせた。

「横嶺さんが、死んだってよ」

「え？」

横嶺さんが？

「死んだって」

君島さんは、手紙を私たちに向かって拡げた。

「警察が、調べてるってよ。おめたちに訊きたい事があるから、村にも来るってよ」

警察って。

「それは」

きりちゃんが胸に手を当てた。はなちゃんは、口を開けたままだった。

「殺されたって、ことですか？」

6

西洋館の補修を、昔からずっと任されていたという〈君島工務店〉は、勝手に抱いていたイメージとは違い古い日本家屋でした。

まるで昔の農家のような佇まいで、中に入ると土間や高い天井や大きな梁《はり》が目に入って、そこに置かれたコピー機や事務用机が全然似合っていません。

役場でわたしたちに応対してくれた大盛さんが連絡をしてくれたので、わたしたちは不審がられることもなく、その場にいた作業服を着た若い男の人に迎えられ、応接室へどうぞと案内されました。

でも、そこも和室で座卓と座布団が置いてあって、なんだか三人でにやにやしていました。まるで田舎のお蕎麦《そば》屋さんの小上がりに通されたみたいです。

「今、おやっさんが来ますので、待っててください」

たぶん、まだ高校を卒業したばかりじゃないかって感じのその男の人はまるで近所のおばさんに挨拶するような感じでそう言って出て行きました。ちょっとイントネーションの違う言葉が新鮮でした。わたしたちに接する態度も素朴《そぼく》というか、飾《かざ》らないというか、臆《おく》さないというか。

「いい子ね」

紗代さんが大きく、うん、と頷きながら微笑みました。たぶんいちばん年が近そうな香織ちゃんもニコニコしています。

「カレシには不十分だけど、従兄弟とか弟に欲しい感じ」

素直な言い方に三人で笑っていました。今は田舎も都会も、情報量や感じるものは、そんなに変わらないとは思うのですけど、やっぱりこういう土地の方が人は優しく素直に育つような気もします。

「あぁ」

戸が開くと同時にそういう声がして、やっぱり作業服を着込んだおじいさんが満面の笑みで現れました。わたしたちも座っていた座布団から慌てて立ち上がって、お辞儀をします。

「いやすいません、君島です。なんだお茶も出さないですまんことですね」

「とんでもないです、どうぞおかまいなく」

紗代さんが応えます。わたしと香織ちゃんもそれに合わせて頷きました。お仕事中にお邪魔しているんですから。

「役場の大盛さんから電話貰いましたけどね」

「はい、すみません、お忙しいのに」

「ええっと？　ミツさんのお孫さんというんは？」

「あ、わたしです」

すると、と言って君島さんはにんまりといった感じで微笑みました。ほとんど髪の毛がなくてつるつるした頭とその笑顔が、なんだかえびすさんみたいです。

「じゃあ、桐子さんのお孫さんは？」

「ワタシです」

「じゃあ、あんたが花恵さんの」

「はい、そうです」

紗代さんが頷きました。君島さんは、うんうん、と大きく頷きます。

「なんとまぁ、あの三人のお孫さんに会えるとはねぇ」

「あの」

紗代さんが訊きました。

「今さらですけど、わたしたちの祖母のことを君島さんは」

「おお、もちろん知っとるよ」

もう遠い昔になっちまったけどねぇ、と続けました。

「わたしはね、そうさなぁ六つか七つか、それぐらい年下だったかなぁ。当時はまぁ手のつけられん暴れん坊でな。よおっくミツさんや、桐子さん花恵さんに怒られていたもんだったわ」

さっきの若い人がお茶とお菓子を持ってきてくれました。その間もずっと君島さんはわたしたちの祖母のことを話してくれたんです。

残念ながら紗代さんと香織ちゃんの家族は、村を出ていってしまったので二人の存在は知りませんでしたが、小さい頃にここに住んでいたわたしのことは覚えているそうです。大きくなったねぇと微笑まれて、覚えていないわたしは恐縮していました。

「わたしのじいさんが、伝治《でんじ》というんだがね、じいさんは、あの当時、役場の仕事をしていてね。三人は一緒にそこで働いていたんだねぇ」

「役場で」

紗代さんと香織ちゃんと顔を見合わせましたが、それは聞いていませんでした。

「仕事っちゅうても、戦後すぐでね、あの頃はもっと小さな村だったから正式なものじゃなくてね。まぁ雇われっちゅうか、下働きみたいなもんかなぁ。何せ若いもんが少なくてねぇ、働き者で頭が良くて別嬪《べっぴん》さんだった三人は村でも可愛がられて重宝《ちょうほう》がられていたねぇ」

まだ九歳かそこらだった君島さんは、大人のお姉さんたちにかまってもらいたくてちょっかいを出していたそうですけど、邪魔をするんじゃないよとよく怒られたことを覚えていると言いました。

「魚釣りとかよくさせられたなぁ。今晩のおかずを釣ってきなさい！　とか言われてねぇ」

「そうなんですか」

他にも、野山になる実を採りにいって三人のところに持っていったりしたそうです。

「本当に、三人にかまってほしかったんだなぁ。なんだかんだ言ってキレイなお姉さんのそばにいたかったんだろうなぁ」

君島さんは話し好きらしくて、昔の話をたくさんしてくれたけど、一息ついてお茶を飲んだときにわたしは切り出しました。

「それで、あの」

「うん？」

「君島さんは、あの西洋館の補修をずっと請け負《お》っているということを聞いたのですけど」

ああぁ、と笑います。

「すまんね、その話で来たんだったねぇ。やってるよ、じいさんの代からずっとね」

　おじいさんの伝治さんは、言ってみれば役場のサービスの一環としてやっていたそうですけど、その息子さん、つまり君島さんのお父さんが建築の仕事をするようになってから
は仕事としてやってきたそうです。

「それは、誰からの発注だったんですか」

紗代さんが秘書らしく発注という言葉を使って訊くと、君島さんはきょとん、と眼を丸
くしました。

「発注って、そんなものないねぇ」

「ない？」

わたしが思わず声を出すと、うん、と君島さんは頷きました。

「じいさんの遺言だからね。あの家を代々補修していくってのは」

「遺言」

天災などであの家が潰れない限りは、人が住めるような形できちんと補修し守ってい
く。それは君島さんの家で代々決められた仕事になっていると。

「なんでもじいさんがその昔に、持ち主さんとそう決めたっていうとったね」

「あの、ではその費用は君島さんが？」

「そう」

紗代さんが訊くと、それが当然というふうに頷きながら言いました。

「まぁ費用たってね、廃材使ったり、捨てるようなものを使ったりして手間賃以外は微々《びび》たるもんだし。あの家はこの町の文化遺産みたいなもんだからねぇ。わたしらみたいな商売の人間だったら、そりゃあ言われなくたって、きちんと修繕したくなるってもんでねぇ」

文化遺産。少し大げさですけど、確かにあれだけ古くて立派な建物だったら保存することに意義はあると思います。

「もっとも、とんでもなくお金が掛かるような場合になっちまったらば、相談してどうするか決めるけどねぇ。まぁ今までそんなことはなかったな」

相談。

「誰にですか？」

そりゃあもちろん、持ち主に、と言いました。わたしたち三人は顔を見合わせました。

持ち主は、三人の祖母のはず。わたしたちのその表情を見抜いたのか、君島さんは続けて言いました。

「持ち主というか、まぁ管理人かな？　あそこの土地と建物自体の所有者のことはわたしは知らんけどねぇ」

「じゃあ、電気代とかガス代とかは、その管理人さんが」

そうそう、と君島さんが頷きます。

「赤川《あかがわ》さんって人だけどね。昔あの辺の地主さんだった金崎さんの親戚らしいねぇ」

「横嶺さんじゃないんですか？」

そう訊いたら君島さんは「横嶺？」と繰り返しながら首を捻った。

「それは、どなたかね」

祖母から聞いた話では、当時はあの家は横嶺さんという人の持ち物だったはず。君島さんは、ヨコミネヨコミネ、と繰り返し呟いて、うーんと唸ります。

「そういやぁ、そんなような名前に覚えはあるがね。わたしも小さかったからなぁ」

以前はそうだったのかなぁ、と曖昧《あいまい》に頷きました。

六

横嶺さんが、死んだ。亡くなった。

君島さんは眼鏡を掛け直して、私たちに向かって拡げた手紙をまた自分に向け直して読んだ。

「横嶺氏所有の手紙の中に当地の人間の名前有り。事情確認のためそちらに向かう由、よろしく取り計らいの事」

金品を奪われた上、殺害された可能性有り。強盗殺人。

「いつですか？」

私の後ろできりちゃんがそう言って、振り返ったら青ざめた顔できりちゃんは君島さんを見ていた。

「いつって、何が」

「横嶺さんが亡くなったのは」

「そんなことまでは書いとらん。ただ死んだいうだけで」

「じゃあ！」

今度は、はなちゃんだ。

「警察の人は、いつ来るんですか?」

「それも書いとらんがなぁ、ただまぁ、東京から町の警察に着いたら署から電報が来るだろうに。これから向かうから関係者は家にいるように、とな」

山向こうの役場がある町の警察署からここまでは、車を使ったとしても相当時間が掛かる。朝に出たとしても着くのは午後遅く。きりちゃんが私の服の背中のところをぎゅっと引っ張った。

判ってる。言いたいことは。

君島さんは、きっと私たちが三人とも青ざめた顔をしているのを、殺人と聞いて驚いていると勘違いしてくれた。でも、もちろんびっくりはしたけど、私たちが背中に嫌な汗をかいているのは別のことでだ。

「まぁ安心しなさい。そんな心配することはないだろうて。きっと、お前さんたちと横嶺さんが手紙のやり取りしたのを警察の人は見つけたんだろう。それでこっちにも横嶺の家がある。それを管理してる人物がいるっちゅうんで、確認するだけで」

「でも」

はなちゃんが泣きそうな顔でそう言うと、あぁあぁ大丈夫、君島さんはそう言って笑って手を振った。

「前とは違う。戦争が終わって警察の組織も変わったんだ。恐ろしげなことをする連中など来ん。向こうの町の警察署長の吉村《よしむら》は儂《わし》らの古い知り合いだし、儂が前に立つから、心配せんでええ」

お前たちはただ、知ってることだけ素直に答えとればいい、と言います。

「それより、なんぞ急ぎのお使いはあったかな？」

「明日行こうと思ってました」

役場の書類で足りないものがある。それから配給になったチョークなどの学校備品や何かを取りに町役場に行くのと、ついでに頼まれていた木綿布《もめんぬの》や仕立物の上がりを取りに行ったり。私たちには雑用が山ほどある。

それは同時に村の外に出て自由になる時間がたくさんあることにも繋がるのだけど。

「明日なら、いいか」

君島さんは頷きました。

「今日手紙が着いて明日来るっちゅうこともないだろうに。ただまぁ二、三日中には来るだろうから、やることはまとめて済ませておくようにな。村の中にいるようにせんとな」

私たちが頷くと、君島さんは溜息《ためいき》をついた。

「それにしても、殺されるとはなぁ」

物騒《ぶっそう》なことじゃ。そう呟いて、頭を掻《か》きながら君島さんは校舎に戻っていった。

「ミッちゃん」

はなちゃんときりちゃんが身体を寄せてきた。

「うん」

私は、知らないうちに唇を嚙みしめていた。頭の中で色んな考えがぐるぐるぐるぐる渦を巻いている。

「横嶺さん、殺されたって」

「まさか」

きりちゃんとはなちゃんが順番に言うのを聞いて、私は首を横に振った。

「それは、ないと思うわ」

確かに考えられないことではないけれども。

「でも、けい子さんはあの家の鍵を持っていて、それは、横嶺さんから預かってきたって私たちは考えたけど」

「確認はしていないよね」

きりちゃんの言葉に、はなちゃんが呟くように答えた。それもそうなのだ。そして、鍵を使って入っていたというのを理解したとき、一瞬、本当に一瞬だけど、鍵を盗んできたのではないかという可能性を考えてしまったのも事実だ。けい子さんは、あの西洋館が横嶺さんの持ち物だというのを、昔から知っていたのだから。

それでも二人が、けい子さんとロンさんが、横嶺さんを殺して鍵を奪い取ってきたなんて考えは浮かばなかった。

「そんな事をするような人に見えた？　けい子さんはそんな人だった？」

訊いたら、きりちゃんもはなちゃんも首を思いっきりぶんぶんと横に振った。

「あの人が、強盗殺人なんてしたのなら、私はもう人を信じられないと思う」

「うん」

二人とも強く頷いた。私もそうだった。

けい子さんは、優しい人だ。人は見かけによらないと言うけれども、私たちは知っているのだ。この村にいた時、けい子さんがいつもいつも優しかったことを。私たちと一緒に世界の平和を願ったことを。

だから、そのけい子さんが愛したロンさんだって、そういう人のはずだ。

でも、まったくの赤の他人が、今のこの状況を外から見たら違う風に考えても不思議じゃない。ロンさんは脱走兵だ。覚悟を決めて逃げ出した人だ。いくら事務のような仕事しかしてないとはいっても軍人なのだから、それなりの訓練もしているはずだ。

横嶺さんのような老人を殺して鍵を奪うことぐらいは簡単だろう。

そして、人間は切羽詰《せっぱつ》まるととんでもないこともしでかす事も、私たちは知っている。優しかった人が、戦争で人を殺してくるように。

「確認しよう」

どっちにしても、この事態を二人には伝えなきゃならないのだから。

「横嶺さんからどういう事情で鍵を預かってきたのか」

そして、殺されたことを知っていたのかどうか。

「きっと、二人が鍵を預かってから、まったく関係のないことで横嶺さんが殺されたに決まってる」

私がそう言うと、きりちゃんもはなちゃんも同意した。

「そして、隠れるところを探さなきゃ」

「そうよね。警察の人が来るんだもんね」

「あの家を絶対に調べるよね」

横嶺さんの持ち物なんだから、警察は隅から隅まで徹底的に調べるのに違いない。以前村にいた駐在《ちゆうざい》さんは優しかったけれど、東京から来る警察の人はまるで違うだろう。

「でも」

きりちゃんが言った。

「どこに隠れてもらう？」

皆でうーんと唸って下を向いてしまった。それがいちばんの問題だ。この村に、人知れず大人二人が隠れていられる場所なんてない。

ましてやけい子さんはこの村を追い出された人。

「あ」

はなちゃんが、急に顔を上げた。その時に校舎から声が聞こえてきた。

「おーい」

君島さんが、窓から身を乗り出して手を振っていた。

「いつまで油売っとるんだー」

いけない、そうだった。今はまだ仕事中だった。

＊

「金崎さんのお家に？」

「そう!」

何となく気ぜわしいままに村役場の仕事を終えて、夕方になる前に私たちは小学校の校舎を出た。家に帰れば何かとやらなきゃならない仕事がある。掃除もあるし夕ご飯の支度もある。

校門を出たところのクヌギの木の下で、話していた。三人でここで話をするのはいつものことだ。誰かが見ても不思議に思わないし、盗み聞きをする人もいない。

「そう」

はなちゃんは、ロンさんとけい子さんを匿《かくま》うとしたら、もう金崎さんの家しかないと言い出したのだ。

「でも」

きりちゃんの眉間に皺が寄った。固く門を閉ざされて、もう十年以上経つ金崎のお屋敷。元々は、けい子さんが住んでいた家。

「けい子さんが、承知するはずない」

きりちゃんが言った。確かにそう思う。あの家に足を踏み入れるなんて考えもしないだろうし、絶対に嫌だろう。

「でも、そこしかないと思うんだ」

　はなちゃんは必死な顔で続けた。

「それ以外の場所は、それこそ山の中の、使っていない炭焼き小屋にでもいてもらうほかないけど、無理でしょう」

　確かにそうだ。でも、長い間使われていない炭焼き小屋は雨露をしのげるかどうかも判らないし、山の中ではそれこそ何が出るか判らない。熊や野犬に襲われることだって有り得るのだ。

「けい子さん、強いから大丈夫だよ」

　はなちゃんは言う。

「死ぬ覚悟でこの村に来たんだから、ほんの少しの間、あの家に隠れていることぐらい、できる。けい子さんなら」

「そうだね」

　はなちゃんの真剣な思いに、きりちゃんが微笑んで頷いた。

「そこしか、ないね」

　私も同意した。

「じゃあ、このまま話しに行こう」

　警察の人はいつ来るか判らない。来るから待ってろと電報が来てから二人に知らせて隠れてもらう、では遅い。横嶺さんのお屋敷から金崎さんの家に移動するのには、村の中を横切らなきゃならない。つまり、昼日中では誰かに見られてしまう。夜中に移動するしかないのだ。

「もう、今日すぐにでも移動しないと」

「そうだね。行こう」

家に帰る前にお屋敷を三人で点検《てんけん》しに行くのは、よくあることだ。誰に怪《あや》しまれることもない。

7

残念ながら赤川さんの連絡先は教えてもらえませんでした。

「そりゃそうよね」

車に乗り込んで座ったら、紗代さんが言います。

「個人情報にはうるさい時代だから」

「ワタシだって、誰かが勝手に住所や電話番号を他人に教えたらイヤだもんね」

香織ちゃんがうんうんと頷きながら言いました。

実は、わたしたちはあの家の持ち主であること、当時、祖母たちが土地も建物も手に入れていたこと、そしてそれを今の今まで知らなくて色々と調べに来たこと。そういうことを君島さんに伝えると驚いていました。あの家を祖母たちが手に入れていたなんて、まったく知らなかったし想像もしていなかったそうです。

そういうことであるなら、と、君島さんが赤川さんに連絡を取ってくれることになりました。まずは電話してみて、直接会うために連絡先を教えてもいいかと。でも、その方は昼間は留守にしているそうなので、今夜電話してみると約束してくれました。連絡がつき次第、紗代さんの携帯に電話してくれるそうです。

「まぁ、まずは幸先良《さいさき》いわね」

「そうですね」

赤川さんという、金崎さんの親戚が〈学校〉の管理をしていた。ということは、あの図書室に出入りしていたのもその人なんでしょう。

「いったん帰ろうか」

「そうしましょう」

帰ったら、そろそろお昼ご飯の時間。楓さんを放っておいて三人でどこかへ食べに行くわけにもいきません。紗代さんがエンジンを掛けて、車は走り出します。

「その赤川さんは、ワタシたちのこと知らないんだよね」

香織ちゃんが言いました。

「たぶんね」

「その可能性は高いわね。それぞれのおばあちゃんの葬儀にも、たぶん来てないんだろうから」

もし、祖母たちに頼まれて管理しているのなら、そのときに何かしらの連絡があって然るべきです。

「どういう理由で管理してるのかも、知らないのかな」

　皆でうーんと唸りました。

「君島さんと一緒かも」

　わたしが言うと、紗代さんはちょっと首を傾げました。

「有り得るけど、どうかな」

　ハンドルを握りながら続けます。

「君島さんはおじいさんの時代に繋がりがあって、遺言だったからと言っていたけど、それには明確な理由があったわけでしょ？」

「理由？」

「立派な建物だから、後世に伝えるために補修して保存していくって明確な理由」

　なるほど。

「でも、それこそ君島さんに任せておけば管理もそのままできるのに、わざわざ管理監督権を別にしておくっていうのは、もっと大きな理由がないと不自然じゃない。それで収入があるわけではないだろうし」

　香織ちゃんが大きく頷いて納得しました。

「さすが社長秘書」

全然そんなこと考えなかった、って続けます。

「本来の持ち主が、つまりおばあちゃんたちがいるのに、その赤川さんの存在理由っていうのが判らないってことね」

「そうそう、うやむやになってる」

そうか。

「そこが、おばあちゃんたちとその赤川さんの繋がりの根っこってことかもですね」

「うん」

頷いて、紗代さんはちらっとわたしを見ました。

「地主さんだった金崎さんの親戚が管理をしている。でも、そもそもの持ち主は横嶺さんだったはず。そして今の持ち主は祖母たち」

その繋がりが、まったく謎のまま。横嶺さんとはいったいどんな人物なのか。金崎さんはどうして今はあの町にいないのか。親戚だという赤川さんがどんな人なのか。

「今晩、赤川さんから連絡が来るのが楽しみね」

わくわくする、って紗代さんが微笑みました。

わたしたちの車が通った跡だけが続く野っ原を抜けて、〈学校〉の前に車を停めると、ドアが開いて楓さんが出てきました。

「お帰り」

「ただいま」

香織ちゃんが、手を振りながら「収穫《しゅうかく》がありましたー」と笑いながら言うと、楓さんが頷きました。

「こっちもあったよ」

〈学校〉を振り返りながら言います。

「何があったの？」

楓さんはにこっと微笑みながら手を上げました。そこにはわたしのキーホルダー。この建物の鍵。

あ、と紗代さんが言います。

「三つ目の鍵の部屋」

「そう」

見つかったんだ。

楓さんが案内してくれたのはいちばん端《はし》の部屋。納戸《なんど》として使われていたらしい小さな部屋です。最初に見たときにも、時代掛かった小さな棚や、手洗いのときに使うほうろうの洗面器や、今は見ることもほとんどない茶箱なんかが積んでありました。

「全部調べてみたけど、まぁ中身は本当に古いだけのものばっかりで」

きちんと掃除して古道具屋やアンティークショップに持っていけばそれなりにお金になるかもしれないけど、何か色んなことが判りそうなものは何もなかったそうです。

「でも、ほら」

楓さんが指差したところには、直径五センチぐらいの、銅か真鍮でできたような小さな円盤。それが床に埋め込まれていました。

「あれは？」

皆でしゃがみ込んで見てみました。

「いったい何だろうっていじってみたけど、ぴくりとも動かないんだ」

楓さんの言葉に香織ちゃんが円盤を色々触ったけど、動きません。

「本当だ」

「何をするものかさっぱり判らないだろう？　同じものがあるのかと思って、全部の部屋の床をもう一度見てみたけど同じものは埋め込まれていない。もちろん、この部屋にも」

皆で片付けられた部屋をぐるりと見回しました。確かに、同じようなものは何もありません。

「そこで、これだ」

楓さんが手にしたキーホルダー。わたしが祖母から託された鍵も含めて三本。

「一本は、玄関の鍵」

赤い紐が結んでありのます。二本目は図書室の鍵で、黄色の紐。でも三本目はどこの扉の鍵でもなかった。全部の部屋を調べたけど他に合うところはなかった鍵。

「あそこ」

楓さんが指差したのはドアの横。すたすたと歩いていきます。

「これ、てっきり使わなくなったコンセントか何かを埋めたものだと思っただろ？」

ドアの横の壁の一部に長方形の板が埋め込まれていました。それこそちょうどコンセントカバーぐらいの大きさです。

「そうね」

紗代さんが頷きました。

「でも、考えたらコンセントにしちゃ位置がおかしいよね」

確かに、言われてみれば。

「で、これをずらすと」

硬い音がして板がずらされると、香織ちゃんが小さく声を上げました。

「鍵穴！」

「そう」

楓さんがにやにやしています。

「なんで判ったの？　そこに何かがあるって」

普通なら、気づきません。もちろん調べようと思って壁も床もひとつひとつ徹底的に、丁寧に調べれば判ったでしょうけど。

「図書室の本を全部調べたんだ。何か挟《はさ》まってないかとか。そうしたら」

胸ポケットから楓さんが取り出したのは、茶色の古びた紙。若いときのおばあちゃんたちが書いたものに違いありません。拡げるとそこに書かれていたのは。

『扉の横に鍵穴が隠されています』

それだけ。シンプルというか、素っ気ないというか。

「図書室の鍵が閉まっていた理由は案外これかもね。誰の筆跡かは後で皆が持ってるおばあちゃんたちの手紙と比べてみよう」

楓さんは悪戯っぽく微笑みながら言います。

「それで、調べたんだ」

「そう。すぐに判ったよ。そして、この鍵穴に鍵を差し込んで回すとどうなるか」

楓さんが床の円盤を見ていてと言いました。カチリと金属音がすると同時に、床の丸い円盤がバネ仕掛けのように跳ね上がってきたのです。

「わっ」

三人で慌ててしゃがみ込んで見ました。円盤は床から五センチほども浮き上がっていて、全体もどうやら真鍮か銅製のようです。

そして、そこに。

「また鍵穴？」

七

お屋敷に行って扉を開けても、ロンさんとけい子さんの気配はなかった。不思議に思って一度外に出て、裏側に回ると、二人は中庭のところに椅子を置いてぼんやりとどこかを見ていた。景色でも眺めていたんだろうか。

「ごめんね、気づかなくて」

けい子さんが、悪戯を見つけられた子供のような表情をして頭を下げた。

「ここなら、村の人が近づいても大丈夫だろうと思って」

「そうですね」

村の人がこの丘に近づく道から、この桜の木がある中庭はちょうど見えない。一日中閉じこもっているのはやっぱり辛いと思う。この中庭にいる分には、見えるのは山ばかりだ。誰にも見られる心配はない。

「何か、あったの？」

けい子さんが訊いた。椅子に座ったままのロンさんもどこか不安そうな顔をして私たちを見上げていた。気をつかっている場合じゃない。長居はできないのだから、単刀直入に話をするしかない。

「けい子さん」

「はい」

「手紙が来ました」

「手紙？」

ロンさんが立ち上がった。

「どこからの、てがみですか」

「警察です」

けい子さんの眉間に皺が寄った。ロンさんが「police」と呟いた。その単語は知っている。英語で警察のことだ。きりちゃんとはなちゃんは、唇を真一文字にして、黙っていた。

「横嶺さんが、殺されたそうです。強盗に入られたらしくて、警察が調べています。そして、横嶺さんと手紙のやり取りをしていた私たちのところにも事情を聞きに来るそうです。たぶん、二、三日中に」

ロンさんはどれだけ理解できたのか判らないけど、けい子さんが息を呑んだのは判った。そして、一度は開けた唇を再び閉じて、結んだ。

「知っていたんですか?」

そんな気がした。けい子さんの表情と態度で。

ロンさんが、私とけい子さんの顔を何度か見遣《みや》るようにして何か言いかけたのを、けい子さんが軽く肩に手を触れて止めた。

「私が説明するわ」

けい子さんは、一度大きく息を吐いた。それから、私を見て、きりちゃんとはなちゃんを順番に見て、口を開いた。

「黙っていてごめんなさい」

ゆっくりと、頭を下げた。

「最初に会ったときに、鍵のことを訊かなかったでしょう？」

「はい」

その通りだ。訊かなかった。

「きっと横嶺さんから預かってきたと思ってくれたと考えて、言えなかったの」

「それは、言えば誤解されると思ったからですか？」

そうね、と、けい子さんは呟くように言って微笑んだ。

「ミッちゃん、小さい頃から頭良かったものね。何もかも理解できちゃうのよね」

「そんなことはありません」

「最初に、伝えておくわね」

また私たち三人を順番に見た。

「横嶺さんを殺してなどいません。本当です。それは信じてほしいの」

後ろで、はなちゃんときりちゃんが、大きく息をつくのが聞こえてきた。私も、つい肩が下がってしまった。

知らないうちに緊張していたのだ。そんなことするはずがないと思ってはいても。

「ごめんね、怖がらせて」

けい子さんに続いてロンさんが、真剣な顔をして言った。

「しんじてください。ひとをころすのがいやで、だっそうへいになったのに、さつじんなんかおこしません」

その通りだと思った。

でも。

「じゃあ、鍵は」

このお屋敷の鍵はどうして手に入れたのか。

「そこも、謝らないといけないわね」

「謝る？」

「鍵は、黙って持ってきたの」

それはつまり。

「盗んできたの。横嶺さんのところから」

長い話になる、とけい子さんは続けた。

「どうして横嶺さんと私が東京で知り合いになったかとか、そういうことも話さなきゃならないのだけど」

あまり時間がないのでしょう？　と言った。

「そうですね」

いつもなら、ざっと点検して何事もなかったらすぐに帰る。何かしなきゃならないことがあったなら、家に説明して次の日に時間を掛けてする。それが約束だった。

「なるべく簡単にするわね」

＊

十年前、この村を出たけい子さんはお母さんと一緒に東京に行ったそうだ。それは、親戚がいたわけではなく、最初から横嶺さんの家に。

「母は、横嶺さんのお妾《めかけ》になったのよ」

言い辛そうにけい子さんは顔を顰めた。私たちは、何も言えずにただ身体を硬直させていた。口にするのも憚《はばか》られる言葉。お妾さん。もちろん、意味は知っている。

「この村に横嶺さんが来ていた頃かららしいのだけど、母は随分《ずいぶん》と、その、言い寄られていたそうなのね。もちろんそれは後で知ったことなのだけど」

覚えている。けい子さんを産んだ人なのだから、金崎のおばさんもとても綺麗な人だった。でもその綺麗さはけい子さんとはまた違ったものだったというのは、幼心にも何となく感じていた。

今ならそれは、男好きのするような魅力、と言えるのかもしれない。

「三人の前でこんな話をするのは辛いのだけど、ごめんね」

私たちは、小さく首を振った。金崎さんの家に起こった事件。忌《い》まわしいと誰もが言った事件。

娘が父親を、けい子さんのお姉さんが、けい子さんのお父さんを殺した事件。そして自殺をした事件。

考えるのも、恐ろしい。汚らわしいと思う。それこそ鬼畜《きちく》の所業だ。

「まだ今より若かった私も、何故そんなことになってしまったのかは全部理解していたし、実は薄々感づいてもいたの」

禁断の、愛情を。そうだったのか。それなのにけい子さんはあんなにも優しく、気高《けだか》かったのか。

それとも、それ故だったのだろうか。

「だから、母がそういう道を選んだのも、辛かった」

でも、それしか道がなかった。村を追われ、一族の面汚《つらよご》しと罵《ののし》られ、女一人で誰も頼ることのできなかったけい子さんのお母さんは。

「しばらくは横嶺さんの東京の家で暮らしたわ。いくら屈辱の日々とはいえ、私たちには何の力もなかったのだから」

もう少し大人になるまで、自分の力で稼ぐ手段を得るまで、けい子さんは我慢をして横嶺さんの家で暮らしていた。

だから、この村の西洋館の鍵がどこにあるかも知っていた。

「ロンと知り合ったのは、東京のカフェなの」

手に職をつけることもできなかったけい子さんは、横嶺さんの家を出てカフェで女給を始めた。東京には色んな種類のカフェがあるそうだ。それこそ、女が身体ひとつでお金を稼ぐことができるカフェも。

「私には、そんな事はできなかった」

誰よりも平和を願い、真心というものを愛したけい子さん。自分の身体に流れているかもしれない忌まわしい血に反発する気持ちもあったそうだ。

そういう思いは、何となく理解できる。忌まわしいなんて考えたことはないけれども、ずっとこの地に縛られるような、自分の出自。

「ただ注文された飲み物をきちんと運んで、時々は常連のお客さんとお話しするような事はあったけど、ただそれだけ」

そこに、ロンさんがやってきた。そして。

「愛し合ったの」

二人で、暮らしたいと考えた。結婚したいと思った。男の人にそんな感情を持ったのは、それが生まれて初めての事だった。

「たまたまそれが、アメリカ人だったというだけなの」

私には経験がないそういう思い。けい子さんは幸せそうな表情をしていた。ロンさんもそれを見つめて微笑んでいた。

でも。

「ロンが次の戦争へ行かなきゃならなくなった。今度こそ、最前線の戦場へ送られる。死んでしまうかもしれない。それはどうしても嫌だった。二人でこのまま幸せに暮らしたいと考えたの」

それはロンさんも同じ思いだった。そうして、ロンさんは脱走兵になる決意をした。遠くへ逃げて、隠れて暮らす。

「真っ先に浮かんだのが、ここだったの。この西洋館」

もう何年もここに横嶺さんが来ていないのは知っていた。それは以前ほど横嶺さんの商売が上手く行ってないからだった。ここを売り払おうとも話していたらしいけれど、こんな田舎の家と土地を買うような人はいなかったらしい。

「でも、相談はできなかった。二度と関わりたくはなかったわ。だから」

鍵を盗もうと考えた。盗んでも、判りはしないはず。少なくともけい子さんが暮らしている間、鍵はずっと仕舞われたままだった。

「でも」

驚いた。横嶺さんの家に強盗が入った。そして。

「横嶺さんも、母も殺されたわ」

「お母さんが」

きりちゃんとはなちゃんがぴょんと飛び上がった。

「もう半月も前の話よ」

「そんな」

お悔《く》みの言葉を掛ければいいのかどうか判らなかった。そんな私たちにけい子さんは微笑んだ。

「いいのよ、大丈夫」

娘としては冷たい言い方かもしれないけど、二度と会わないつもりで横嶺の家を出たのだから、死に目に会えない事は覚悟していた。まさか、こんな結末が訪れるとは思わなかったけれど。けい子さんはそう言って寂しそうに微笑んだ。

顔を上げて、私たちを見た。

「お屋敷の鍵を盗んだのは、お葬式の日」

母屋《おもや》は警察の捜査が入っていて使えなかった。離れで行われた葬儀に、けい子さんも出席した。

「その夜に、警察がいなくなった母屋に忍び込んで、鍵を盗んできたの」

誰にも判るはずがない。この鍵の事を知っている人は、もうこの家からいなくなった。私たちに管理を頼んでいた秘書の人は、とっくに首になっていたらしい。

だから。

「これで、きっと、私たちは生きていける」

けい子さんは、そう思ったの、と、呟いた。

＊

小さな溜息をけい子さんはついた。そして、もう一度、黙っていてごめんなさいと謝った。鍵を盗んだのは確かに悪いことだけど、でも。許せると思った。

私は言った。

「解決しなきゃならない問題があります」

「警察ね」

けい子さんが頷きました。

「この家も、間違いなく調べられると思います。今夜にでも違う場所に隠れた方がいいと思います」

けい子さんとロンさんが顔を見合わせた。

「でも」

他に行くところなどない。あればそっちに行ったはずだ。

「金崎のお家に行きませんか？」

けい子さんが小さく息を吐いた。

「そこしかないんです。村の中で誰にも知られずに過ごせる場所は」

それはけい子さんも考えれば判るはずだ。

「門は閉ざされてますけど、塀《へい》を乗り越えれば、裏の勝手口から中に入ることができます。あそこは鍵が掛かっていないんです」

「そうなの？」

三人で頷いた。どうして知っているかというと、何ヶ月か前に村の子供たちが悪さをして入ったことがあるからだ。こんなことしてはいけないとこってりお灸《きゅう》を据えられたからもう二度としないと思う。

「何も手を入れてませんから、相当荒れてはいると思いますけど、雨露をしのぐぐらいはできるはずです。警察の調べが終わるぐらいまでだったら、我慢できると思います」

けい子さんにしてみれば、二度と入りたくないところだと思う。でも。

「そこしかないんです」

もし、どうしても嫌ならば、村を出て別の隠れる場所を探してもらうしかない。けい子さんは私をじっと見つめていた。

あの頃、けい子さんがまだ村にいて、金崎のお嬢さんとして皆に好かれていた頃、こうやってけい子さんと一緒にいるのが嬉しくて、楽しくてしょうがなかった。自分も大きくなればけい子さんみたいに綺麗になれると信じていた。

「いてください」

そうだった。

私はそれを言いたかったんだ。

「帰ってきてくれたんです。せっかく帰ってきてくれたのに、またいなくなるのは、淋しいんです」

私は、けい子さんともっと一緒にいたいのだ。

「お願いします」

私たちは、約束したのだ。

将来、どんなに遠く離れたとしても、自分の意に添わない人生を歩んだとしても、この村で一緒に楽しく過ごした日々を忘れないと。

そして、誓ったのだ。

男たちが戦いに行って、世界中が殺し合うようなことになっても、私たち女性は〈命を産む〉存在として、平和を願い合うのだと。

「それが、綺麗になる、〈心の美しい人間〉になるたったひとつの条件だって、話してくれましたよね」

けい子さんは、ゆっくりと頷いた。微笑んだ。あの頃、菩薩《ぼさつ》様のように、女神のように美しいと思ったそのままの笑顔で。

「私は、その誓いを忘れていません」

戦争を、憎む。

でも、人は憎まない。

女性が、子供たちが、笑っていられる平和な世界を望む。

それこそが、美しい生き方なのだと幼い私たちに教えてくれたけい子さんを、私は守りたい。

「お願いします」

8

「なるほど、赤川さんね」

お昼ご飯に作ったトマトソースのパスタを食べながら、〈君島工務店〉で聞いてきた話を楓さんに伝えました。

わたしたちの祖母を知っていた君島さん。おじいさんの代からこの〈学校〉の建物の保守点検をずっとやっていて、それを今でも続けている。建物や土地の現在の持ち主は知らなかったけど、管理人として存在している赤川さんとは今も連絡が取れる。

その赤川さんは、地主だった金崎さんの親戚だという話。

「でも、変に思いません？　その赤川さんの存在」

「確かにね」

紗代さんが言うと楓さんが頷きます。

「金崎さんがこの辺りの地主だったというのは事実。その地主さんの親戚だっていう赤川さんがここを管理している。じゃあここを建てた横嶺さんはなんだって話だよね」

そうなんです。それは前にも紗代さんが言ってました。横嶺さんと金崎さんがダブると。

「〈君島工務店〉がおじいさんの遺言に従って保守点検をしていたってのは頷ける。昔から続くこういう小さな町でならありえる話だよ。代々守ってきたものを理屈抜きで続けていくっていうのはね」

「そうですよね」

ティッシュを引き抜いて口を拭って、楓さんはふーん、と唸りながら天井を見上げました。

「けれども、持ち主かどうかは知らないけど、赤川さんという人が建物の修理に関しては決定権を持っている、か。まぁそれも昔からそうなっていたから何の疑問も持たずにそうしてきたんだろうなぁ」

「ありえるわよね」

わたしが言うと楓さんも頷きました。

「長い年月の間に、横嶺さんの存在が消えてしまうような何かがあったのかもしれないね。金崎さんも、同じように」

それはどんな理由だったのでしょうか。

「夜には連絡が取れるんだよね？」

「その赤川さんは昼間、働いていらっしゃるので、会社から帰ってくる頃に電話してみるって」

「じゃあ、赤川さんが、あの謎の鍵を持っているってことも考えられるなぁ」

まるで隠し部屋を開けるための鍵のような、鍵。鍵穴。

第三の鍵を使って現れたのは、もうひとつの鍵穴。でも、第三の鍵はそこには合いませんでした。

もうひとつの鍵が、きっとどこかにあるんです。

どこからどう見てもその床に秘密の入口があるようには見えなかったけど、たぶんどこかが開くようになっているのだろうと楓さんは言っていました。床に使われている木材の切れ目が巧妙《こうみょう》に配置されていて、それが判らないようになっているのだと。

「そんなにも精巧《せいこう》に作られた隠し部屋、もしくは穴に何があるのかなんて考えると。そしてその鍵を赤川さんが持ってるのだとしたら」

楓さんが言葉を切って、わたしたち三人を見ました。三人で順に顔を見合わせて同じように頷きます。

「ちょっと怖いわよね」

「うん」

「かなりコワイですよ」

たぶん、祖母たちが遺したもの。この西洋館と土地と一緒に、わたしたちに遺したかったもの。そこにいったい何があるのか。

「想像もつかないよね」

香織ちゃんが言います。

「金銀財宝なんてあるはずもないだろうし」

「あったら嬉しいけどね」

「宝くじよりスゴイかも」

冗談めかして話していたけど、本当に判らないことが少し不安でした。

八

警察の人は、一人きりだった。てっきり東京からたくさんでやってくるのかと思っていた私たちは拍子抜けして、その人を迎《むか》えた。

「へぇ、可愛い子たちばかりですね」

案内してきた君島さんと一緒にジープという車を降りてきて、学校の入り口で待っていた私ときりちゃんとはなちゃんを見て、開口一番、その人はそう言った。

もうどこにも折り目や芯《しん》がないようなくたくたのスーツを着ていたけど、足下は兵隊さんが履いていたような革靴だった。ぼさぼさの頭に、どこか具合が悪いんじゃないかと思うぐらい細い身体。

「こりゃあ祭りとか楽しそうですね？」

そう言われた君島さんは、首を傾《かし》げた。

「祭りとは？」

「あれ？　ここでは祭りとかないんですか。村で評判のこういう美人さんが着飾ったりするような」

確かにお祭りはあるけれども、別に私たちが特別に着飾るようなものはないと言うと、顔を顰めた。

「そりゃあ残念だ。あったら観に来るのになぁ」

とぼけたその口調に、なんだか可笑しくて笑ってしまった。東京の警察の人を見るのは初めてだけど、皆こんな感じなのだろうか。そんなはずはないと思うから、この人がそういう人だというだけだろう。

いったい幾つぐらいなのか判らないけれど、男性にしては可愛らしいその笑顔と優しい雰囲気に私たちはほっとしていた。あんなに緊張していたのに。そして、こんな人だったらひょっとしたらけい子さんとロンさんを隠さなくても良かったんじゃないかと、少し拍子抜けするぐらいだった。

その東京の警察の人は、その場で黒い手帳を開いた。

「はい、僕は警察です。これは警察手帳というもので、僕の身分を証明するものです。警察が人前で捜査をするときには、これを見せなきゃならないんですよ。そういう国の決まりですから見てくださいね」

見ましたか？　とにこりと笑うので私たちは頷いた。

「じゃあ、さっそく質問するね。ゆっくり考えていいからできるだけ正確に答えてね」

私たちに色々と質問をしてきた。

横嶺さんにはどういう経緯で、お屋敷の管理を任されたのか。

お屋敷にはどれぐらいの頻度《ひんど》で行っているのか。

横嶺さんから手紙などは来たか。

報酬《ほうしゅう》は貰ったのか。

横嶺さんがどうしてあそこにお屋敷を建てることになったのかは、君島さんが答えた。

何もかも、全部包み隠さずに私たちは答えた。けい子さんとロンさんのこと以外に後ろめたい事は何にもなかったのだから。

「成程。基本的な事は了解しました」

それまでずっと何かを書きつけていた手帳を閉じた。

「さて、じゃあ、その横嶺さんの家の方に案内してもらえますかね。あ、君島さんはもういいですよ。実際に管理してる女の子たちだけで」

終わったらまたここで、と言われて君島さんは頷いていた。

「行きましょうか」

「はい」

学校の門を出て、村の道を歩いて、丘へ続く細い道へ。

私が先頭になって、その後に警察の人、きりちゃんとはなちゃんはその後ろからついてきた。お屋敷に続く道は広くはないので、並んで歩くわけにもいかない。

そろそろ草も枯《か》れていく季節。風が吹くとさわさわと音を立てていた草も、かさかさという音に変化している。

「やっぱりこの辺は少し空気が冷たいですね」

薄いスーツ一枚ではそうかもしれない。私たちはしっかり綿入りのちゃんちゃんこを着ているし、手袋もつけているけれども。

「貸しましょうか？」

「いやいや」

大丈夫です、と警察の人は笑った。

「あの」

後ろからはなちゃんの声が聞こえて、私は歩きながら後ろを見た。警察の人も後ろを振り返った。

「お名前、訊いたらまずいんでしょうか？」

「あ」

歩きながら、大笑いした。

「いや、申し訳ない。そういえばまだでしたね。赤川と言います」

赤川さんは、にこっと笑って私の方も見た。警察の人ってこんなに優しい笑顔を見せるのかと不思議だった。もっとも警察といっても色んな人がいるのだろうけど。

「あぁ」

赤川さんの小さな溜息のような声が聞こえてきた。

「良い建物ですね。まるで一枚の絵みたいだ」

緑と茶色が入り交じる草の中。向こう側の山の上の方には紅葉が始まって、赤と黄色の葉っぱが鮮やかに見える。

その中にあって、白い外壁が本当に綺麗に映える、〈さくらの丘〉の小さな西洋館。確かに初めて見る人はそういう風に思うかもしれない。

赤川さんは、全部の部屋を見せてくださいと言って、私たちの後をついてきた。台所から居間から、応接室まで何もかも。

部屋の中に入ると、赤川さんは何も訊かずに戸棚や箪笥《たんす》があればその中を全部覗き、それが一通り終わると今度は部屋の中を歩き回り、床を蹴《け》ったり壁を叩《たた》いたりしていた。その間は、あの柔らかな笑顔は消えてずっと無表情だった。

「あの」

きりちゃんだ。

「はい」

「質問しても、いいですか」

どうぞ、とにっこり笑った。

「何かを探しているんですか？」

「そうですよ」

何を、と私が質問を続けようと思ったのだけど、赤川さんが軽く首を振った。

「具体的なものじゃありません。まぁ詳しいことは話せないんですけどね」

横嶺さんが資産家だったのはご存知ですよね、と私たちを見て言うので頷いた。

「どうも、その資産に怪しい部分がたくさんあったのでね。こんな田舎に、この家を建てた理由もあやふやでしたし、ここに何か、人に言えないような秘密があるのではないかとね」

トントン、と近くの壁を叩いた。

「こうして探しているわけです」

「隠し部屋や、隠し穴みたいなものがないかどうかをですか。その中に怪しいお金があるんじゃないかってことですよね」

はなちゃんが好奇心一杯という顔をして訊いた。

「その通りです」

赤川さんが苦笑する。私たちは、三人で顔を見合わせてしまった。

「それなら私たちに訊いてくれればいいのに」

そう言うと赤川さんが驚いた顔をした。

「知ってるんですか？」

私ときりちゃんとはなちゃんはまた顔を見合わせて、笑った。

「正確に言うと、判ってしまっているんだから隠し部屋じゃないんですけど、そういう部屋はあります」

隠された鍵に、文字通り隠された部屋。

＊

でも、そこには何もない。怪しいお金も、貴重品も。本当にただの空っぽの秘密の部屋。

鍵と隠し部屋の仕掛けを知ると赤川さんは感心していた。

「よっぽど大事なものを隠していたんですかね」

「さぁ、それは」

私たちには判らない。何せ、私たちがこの家に出入りするようになってからは、ずっとこのままなのだから。それ以前の事は誰も判らない。

床下の小さな小さな部屋。赤川さんはその中に下りて、私たちを見上げて、本当に心配そうな顔をして言った。

「冗談でもいきなりそこを閉めないでくださいよ。暗いのは怖いんですから」

「そんなことしません」

けらけらと三人で笑った。赤川さんは本当に愉快《ゆかい》な人だ。威圧《いあつ》するようなところはひとつもないし、探し回っている合間には冗談を言って私たちを笑わせる。

「ものすごくよくできてる部屋ですね」

下から赤川さんの声が聞こえてくる。

「はい。そう思います」

そうなのだ。この秘密の小部屋はしっかりと造られている。詳しいことは判らないけれど、きっと高級な材料をふんだんに使っている。雑巾で拭き掃除をするだけでもそれが伝わってくるのだ。

壁や床を叩いて調べていた赤川さんが、小さな梯《はしご》を昇って上がってきた。

「何か判りましたか？」

赤川さんは肩を竦めた。

「立派な隠し部屋だということだけは」

うん、と頷いた。

「でも、恐らくですけど、隠したものがあるとするなら美術品でしょうね」

「美術品」

そんな事考えたこともなかった。

「かなりしっかりした造りです。湿気や温度管理にも気を使って造ってあります。ただ書類や金品を隠すためだけだったらここまではしないでしょうね」

成程と頷いた。横嶺さんは美術品を隠していたのだろうか。確かにこんな田舎にだったら、隠しても誰も判らないのかもしれない。

それからも赤川さんはひとつひとつの部屋を全部回り、家の周りも全部見て、外の壁なども調べていた。もちろん私たちは、けい子さんとロンさんが金崎のお家に隠れてから、この家を全部掃除した。二人がいた痕跡《こんせき》など欠片《かけら》も残らないように。掃除はいつもしていることなのだから、誰も不思議には思わないし、訊かれたとしてもいつものことですと言えばそれでいい。

安心していた。絶対に、けい子さんとロンさんがここにいたことなんか知られるはずがないと。

「どうやら全部回ったようですね」

最後に玄関のところに戻ってきて、ふぅ、と小さく息を吐いて赤川さんは言った。二時間は経っていたと思う。

「最後までつきあわせてすみませんでしたね」

そう言う赤川さんに、軽くお辞儀して、言ってみた。

「あの」

「はいはい」

「私たち、いつもここでお茶を飲んでいるんです。なので、お出しすることができるんですけど」

赤川さんの顔がぱっと明るくなった。

「いただけるんですか？」

「よろしかったら」

「嬉しいなぁ、喉渇《のどかわ》いていたんですよ」

いつも三人で使っているきれいな金飾りのティーカップに、煎茶を淹れて出すと赤川さんは微笑んでいた。

「温かいなー」

手が冷えたのだろう。カップを包み込むように持った。男の人にしては細くて綺麗な指。

「このカップは、マイセンですね。こんなカップでお茶を飲むのは初めてだ」

マイセン。それが何のことなのかは判らなかったけど、たぶんカップの名前なんだろうと見当をつけた。そういう方面の知識のある人なのだろうか。

「あの、赤川さんは、東京の人なのですか?」

きりちゃんが訊くと、首を横に振った。

「僕は、横浜で生まれました」

横浜。聞いたことはあるけど全然知らない土地。

「海があって、ここは雰囲気が全然違うけど、とても良い町ですよ」

お茶を一気に飲み干したので、はなちゃんがまた淹れてあげた。煙草を取りだしたので、きりちゃんが慌てて茶箪笥の下から灰皿を取りだしてきた。

「あぁ、すみません」

火を点けて、深く吸って煙を吐いて私を見た。

「確か、ミツさんでしたね。宇賀原ミツさん」

「はい、そうです」

にこっと笑って、ひとつ頷く。

この赤川さんの立ち居振る舞いは、なんだろう、とても涼やかできちんとしているなって思っていた。ひょっとしたら、どこか良い所の、良い家の生まれなんじゃないだろうか。きちんと育てられた人なんじゃないか。そんな風に思っていた。

「僕がここに来たのは、東京の横嶺家に入った強盗が、横嶺家の財産を根こそぎ狙《ねら》っていたのではないかという疑惑を調べるためでした」

それは、さっき聞いたことに繋がるのだろう。

「こうして調べた結果、ここにある財産と言えるものは建物や、この」

カップを弾《はじ》いて、チン、と鳴らした。

「立派な食器ぐらいです。なので、とりあえず横嶺家を襲った強盗はこちらの存在は知らなかったということなのでしょう。同時に、横嶺家にあった疑惑についてもとりあえずこの場所は関係ないと思います」

私がきっと眼を細めてしまったから、赤川さんは微笑んだ。

「横嶺家の疑惑については、貴方《あなた》たちには関係のないことですからいいですよね。あぁでも、関係ないといってもここの管理を頼まれていたのですよね」

「そうです」

三人で顔を見合わせながら頷いた。横嶺さんが亡くなってしまったということは、これからここはどうなるのだろうとずっと考えていた。

「どうしたらいいのでしょう。私たちは」

赤川さんは、少し天井を向いて考えて、うん、と頷いた。

「じゃあ、それに関しては、僕の方からご連絡差し上げましょう」

「赤川さんが」

そうです、と私を見て微笑んだ。

「どうせ捜査のついでです。法的なことも含めはっきりさせて、今後貴方たちがどうしたらいいかお手紙差し上げますよ」

「そんな」

そういう事は何も判らないけど、面倒な事だというのは判る。赤の他人の、しかも警察の人にそんな事をお願いしていいのだろうか。そう言うと赤川さんは軽く右手を上げて掌《てのひら》を私たちに向けた。

「何てことはないです。実は僕には妹がいましてね」

「妹さん」

こくりと微笑みながら頷いた。

「同じ年頃です。皆さんの顔を見ているとなんだか思い出しちゃってね。力になってあげたくなりました」

ちょっと迷ったけど、三人で頷き合った。ここは素直に好意に甘えておこう。私たちには何もできないのだから。

「じゃあ確認しておきますけど、皆さんはここの管理を続けたいですか？　その報酬が貰えなくても」

「はい」

それは、確かめ合うまでもなかった。私もきりちゃんもはなちゃんも、ここが、この建物が好きなのだ。

「いつまでもここで過ごして構わないというのなら、ずっとそうしていたいです」

私が言うときりちゃんもはなちゃんも頷いた。

「判りました。では、きちんと調べてお知らせします。でも」

「でも？」

訊くと、ふいに赤川さんは背筋を伸ばした。真剣な表情で私を見つめた。

「交換条件があります」

「交換条件」

「ここに、つい最近、誰が来ていたのかを正直に教えてください」

射ぬくような、瞳。

きりちゃんとはなちゃんの身体がびくんと震えたのが判った。

私は、私は、自分でも驚いたけど、まったく動じなかった。なんとなく、なんとなく感じていたのだ。ずっと。

この人は、何かを知っていると。だから、訊いた。

「どうして、判ったのですか」

「ミッちゃん！」

きりちゃんが私の腕を摑んだ。

「いいの。大丈夫」

それも、なんとなく感じていたのだ。大丈夫だと。この人なら大丈夫なんじゃないかという、理由はないけど不思議な感覚。

赤川さんは、真剣な表情を崩してきりちゃんとはなちゃんを見た。

「まず、さっき外を見て回った時に、ハイヒールの足跡を見つけました。ヒールでできる穴ですね。ごく、新しいものです」

そんなものが。

「貴方たちがハイヒールを持っているとは思えない。持っていたとしても、この建物に来るときに履いてくるとはまず考えられない。だとしたら、ここにはつい最近ハイヒールを履いた女性が出入りしたということです。男性はハイヒールを履かないですからね」

警察官というのは、そういうものなのかと感じ入って、思わず唇を噛んでしまった。二人の痕跡は完璧に消したつもりだったのに。

やはり、私たちはまだまだ子供なのだ。上手くできると思ったことが間違いだった。

「もうひとつ」

「まだあるんですか」

赤川さんはきりちゃんに向き直ると静かに言った。

「さっき、僕が煙草を吸おうとしたときに、きりちゃんは何の躊躇《ちゅうちょ》もなく灰皿を茶箪笥の下から持ちだしてきた。この建物には貴方たちしか出入りしないと聞いていましたからね。貴方たちが煙草をここでスパスパと吸っているとは考え難《にく》いので、誰か煙草を吸う人間がいるのだろう、と。さらに」

くい、と顎で廊下の方を示した。

「二階の寝室のカーテンには、葉巻の匂いが微《かす》かについていました。古いものではないと感じました。さらにあの寝室自体に微かに香水の匂いがした。でも貴方たちからは香水の香りは一切しない」

僕は鼻が利くんですよと赤川さんは微笑んだ。

「ということは」

一度言葉を切った。

「葉巻を吸う男と、香水をつける女がここにいたということです。さらに言えば失礼な物言いだけど、この村にそのような男女がいるとは思えない。おそらくは東京に住んでいた人間がここにいたのだろうと推測できるわけです。そして、葉巻を持っているということは、日本人ならそれなりのお金持ち、あるいは」

眉を少し上げた。

「外人。今、日本にいる外人の八割はアメリカの軍人でしょうね。そして、軍人がこんなところにいるなんてのは、どう考えても結論はひとつ」

はなちゃんときりちゃんが息を呑んだ音が聞こえた。赤川さんは、ゆっくりと立ち上がった。でもそれは、私たちを脅《おど》かすためではなかった。

赤川さんはにっこり笑ったのだ。

「それが誰であろうと、貴方たちにとっては大切な人なのでしょう？　そうでなければ三人して必死に隠すはずがない。大丈夫です」

「何が大丈夫なんですか」

赤川さんは両手を拡げた。

「僕はね、昼行灯《ひるあんどん》で有名なんですよ。だからこんな田舎まで、失礼、ただの確認作業に寄《よ》越《こ》されたんです。正直言ってただの事務的な作業なんですよ。顔だけ出して、近くの温泉にでも行って帰ればそれで良かった。ややこしいことを持ち帰る必要は何もないんです。僕も、これ以上面倒臭いことはしたくないんですよね。事情さえはっきりして、それが納得できるものなら、何にもしません」

その表情はどこまでも柔らかだった。

「それに、もうひとつ」

赤川さんは、にこやかな表情のまま、私に顔を近づけてきた。

「なんですか」

「よく、見てください。僕の眼を」

「眼？」

じっと見つめた。

「色が」

薄かった。こうやってよく見なければそうとは判らないけれど、色素が薄いと言えばいいのか。少なくとも私たちのように真っ黒い瞳ではない。どこか、灰色のような薄茶色のような。

「僕にはアメリカ人の血が流れているんです」

「そうなんですか？」

驚いた。見かけは、まるで日本人と変わらない。そう言うと頭を掻いた。

「日本人の血の方が濃かったんでしょうね。まぁそれで助かったのか助からなかったのか。とにかく、僕は外国人に偏見《へんけん》などないし、通訳もできますよ。これでも英語はしゃべれるので」

赤川さんのお父さんは横浜の方で貿易商を営《いとな》んでいるそうだ。外国に出かけて商売をすることも多かったとか。

「そこで、まぁ父はアメリカ人の女性とねんごろになってしまって僕が生まれたんです。要するに」

少し言い難そうにした。

「妾腹《しょうふく》なんですよ僕は。だから家も継げずにこんな仕事をしているんです」

9

赤川さんからの連絡は、意外に早くやってきました。直接本人からではなく、君島さんが電話をくれたのです。

「夕方には、そちらに着きますのでよろしくお願いしますって言ってたって」

携帯を切った紗代さんが言って、皆が一瞬、ん？　という表情をしました。

「着くって、誰が？」

「赤川さんが」

皆で少し眼を丸くしました。

「話も聞かないで、いきなり来るんだ」

香織ちゃんが唇を少しへの字にしました。

「たぶん」

楓さんです。

「いつか、こういう日が来ると予想していたんだろうね。だから、孫たちがやってきたって聞いて、電話も寄越さずに、たぶん仕事を早く切り上げて」

紗代さんが、うん、と頷きました。

「その赤川さんは、私たちよりずっと先にここの事情をよく知っていて、そしてずっと待っていたってことなのかな?」

「わたしたちが来るのを?」

「遺言でもあったのかな」

そうでもなければ、待つということもできないでしょう。

「誰の遺言なんだろうね」

香織ちゃんの言葉に、楓さんが少し首を捻ります。

「ここの持ち主であった三人の祖母の遺言は、三人の孫に託された。ここの修繕を任された君島さんは、代々それを守っている。赤川さんという人はここの管理監督を任されているけど、持ち主ではない」

うーん、と皆で唸ります。

「と、なると、赤川さんは、先生をやっていたというけい子さんとロンさんに関わる人なのかな」

「あるいは、地主の金崎さんが、祖母たちがこの建物を手に入れるのに何らかの形で関係しているのか」

楓さんが三本目の鍵を手にして、くるりと回しました。

「この鍵を、その赤川さんは持っていないってことも考えられるね」

「そうか」

そういえばそうです。この建物で唯一、人が出入りしていたのは、図書室だけ。その他の部屋には誰も出入りしていた様子はなかったし、あの秘密の隠し部屋があるらしき部屋にも荷物が一杯でした。

「その秘密を、赤川さんも知りたくて長い間待っていたってことも、ひょっとしたらあるのかな」

九

赤川さんは、村に泊まることになっていた。学校には宿直室がある。調査してから町に帰るのではかなり遅くなるのでそこを使う予定だったそうだ。

けい子さんとロンさんのことを見抜かれてしまったけど、まさかぞろぞろと金崎さんの家に迎えに行くわけにもいかない。それでは皆に知られてしまう。

なので、夜になってから、赤川さんがお屋敷で暗いときに確認したい事があるので、ついてきてほしいと私を呼びだす、という筋書きになった。もちろん、きりちゃんとはなちゃんも一緒にだ。

何故三人ともなのかという問いに、赤川さんはあの柔らかな笑顔で「僕だってまだ若い男ですから、警察の人間とはいえ、若い娘さんと夜中に二人きりはまずいでしょう」と言って誤魔化した。確かに、と私たちの家族は全員納得した。

これは実はものすごく助かったのだ。夜の闇《やみ》に紛《まぎ》れて金崎さんの家に移動するのは、けい子さんとロンさんだけでできた。でも、もう大丈夫ですよという連絡をどうやってしようかと考えていたのだ。実際には、暗くなってから私が、用があるからきりちゃんかはなちゃんの家に行くと言って家を出て知らせようと話し合っていたのだけど、そこを誰かに見られたらおしまいだったから。

夜の闇の中、お屋敷に向かう前に金崎さんの家に寄る。誰にも見られないようにこっそりと。もし誰かに見とがめられたら、赤川さんが見たいと言ったということにすれば大丈夫だろうという話をしていた。

そして、あらかじめけい子さんと決めておいた呼び出しの合図。

屋根に石を三回続けて投げる。

きっときりちゃんもはなちゃんも不安だったはず。ちらちらと赤川さんを見ていた眼には、ひょっとしたら、という思いがあった。

なんといっても警察の人なのだ。でも、それでも私には何故か確信があった。間違いなく、赤川さんは私たちを助けてくれるはずだ、という思い。

月明かりの下、私たちは息を殺して金崎さんの家の裏手の林の中で待っていた。

かたり、という小さな音がしたと思ったら、塀の上に人影が見えた。すぐにすとん、と下に降りてくる。二人が腰を屈《かが》めるようにして林の中に入ってきて、そして、そこに私たち三人だけではなく、もう一人いることに気づいた途端に動きが止まった。

「大丈夫です」

急いで言った。

「この人は、大丈夫です。安心してください」

お屋敷に戻って、私たちは応接室でお茶を飲みながら少しだけ話をした。本当ならゆっくり話を聞きたいけど、三人が長く外出していると、家の人間が心配してやってくるかもしれない。

まず、赤川さんは、けい子さんとロンさんに約束をした。

「日本の法律を犯《おか》していない限り、僕が貴方たちを逮捕する事はありません」

けい子さんが横嶺さんの家から鍵を盗んできたことは既《すで》に話してしまったけど、それも事情があってのことなら、微罪だし見逃すと。

「明日、もう一度、この三人を連れてここに来ます。そのときにゆっくり話を聞かせてください」

けい子さんもロンさんも、頷いて約束した。決して逃げることはしないと。

もとより、ここから逃げても、もうどこにも行くところはないのだからと。

「でも」

けい子さんが赤川さんに言った。

「ひとつだけいいでしょうか」

「なんでしょう」

どうして、とけい子さんが続けた。

「あなたが良い人であることは判りました。でも、どうして見ず知らずの私たちにそんなに好意的に対処してくれるのですか。微罪とはいえ、犯罪者である私たちに。それが、疑問です」

そう。良い人であることは判る。決して嘘をついていないことも。信用して大丈夫だっていう確信は私の中にあるけど、その理由は確かに判らない。昼行灯であるとか、外国人の血が流れているとか、私たちを見て妹さんを思い出したと言っているけれど。

赤川さんは、少し小首を傾げて、微笑んだ。

「僕ね、けい子さん」

「はい」

「戦争、大嫌いなんですよ」

死ぬほど嫌いだと、吐き捨てるように言った。ロンさんが少し驚いたように眼を大きくさせた。

赤川さんが眉を顰めて続けた。

「戦争の犠牲になる女性や子供をこれ以上増やしたくないんです」

でも、自分には何の力もない、と続けた。

「それでも、こうして自分の手の届くところにできることがあるのなら、終わった戦争で悲しむ人を減らすことができるのなら、僕は何でもやります。そう決めたんですよ。妹が、死んだ時に」

思わず、息を呑んだ。妹さんが。

「戦争で、死んでしまった時に」

赤川さんの瞳がほんの少し潤《うる》んだような気がした。

その時。

「そういう事だったんかね」

全員がまるで何かに打たれたように立ち上がった。

「君島さん！」

扉のところに、君島さんが立っていた。いつの間に入ってきたのか、誰も気づかなかった。警察の人である赤川さんまでも。

君島さんは、苦笑いして、白髪《しらが》のぼさぼさ頭を掻いた。

「いやぁ驚かしてすまんこって」

笑いながら、ゆっくりと部屋の中に入ってきた。

「まぁ盗み聞きは大した罪にはならんだろうね？　赤川さん」

君島さんに言われて、赤川さんは苦笑いして、頷いた。

「逮捕はできませんね」

にっこり笑うと、君島さんはけい子さんの方を見た。

「いやしかし驚いた。金崎のけい子ちゃんか」

けい子さんの顔は青ざめていた。でも、しっかりと君島さんの顔を見つめている。

「別嬪さんになったのう。こうしてそうだと言われれば面影があると気づくが、言われんとちっとも判らんねぇ」

儂の事を覚えとろうが？　と訊くと、けい子さんは頷いた。君島さんはこの村でずっと大工さんをやってきたから、金崎さんのお宅だって建てるのに参加したはず。もちろん、このお屋敷も。

「あの、君島さん」

私が言うと、君島さんはひらひらと手を振った。いつもそうしているように。

「あぁあぁ、ええってミッちゃん。余計な事は言わんでええ」

要するに、と君島さんは続けた。

「事情があって、村に帰ってくるしかなかったけい子ちゃんとその外人さんを、三人して匿《かくま》っていたってことじゃろう？」

「そうです」

なら、それでええ。君島さんはそう言って、そうして、にこりと微笑んだ。

「刑事さん、赤川さん」

「はい」

「別に儂ぁ、何かを咎《とが》めようとして後を付いてきたわけじゃない。どうもこの娘たちの様子がこことところおかしかったからね。心配していたんじゃよ。何かおかしな事に巻き込まれたりしとるんじゃないかとね。何せ、この娘らは、親御さんたちから預かってる大事な村の宝だでね」

そう言って君島さんは私たちを見た。気づかれてしまっていたのだ。君島さんに。

恥ずかしくなって、私たちは下を向いてしまった。頬が赤くなってしまっているのが判った。

考えてみればそうだ。君島さんは、今は、親よりずっと私たちと一緒にいるのだ。一日の半分以上を一緒に仕事をして過ごしているのだ。こそこそしているのを、気づかれないはずもなかったのだ。

やっぱり、私たちはまだまだ子供だ。

「さて」

君島さんは、また白髪頭をぼりぼりと掻いた。皆をぐるりと見回した。

「なんぞ儂にできる事があれば、遠慮なく言えばいい」

「え？」

けい子さんが驚いて声を上げて、君島さんはまたにこりと笑った。

「儂もな。戦争は好かん」

人が死んで、女子供が泣かされるんわ、もう見たくない。君島さんはそう言った。

「けい子ちゃんもな、まぁ戦争とは直接関係なかったが、親の馬鹿に振り回されてな。けい子ちゃんはなんも悪うないのに村を追い出されて、可哀相に。辛かったじゃろう、今まで」

あの時に、守ってやれなくてすまんかったな、と君島さんは続けた。けい子さんが小さく首を振り、その眼が潤んだ。

「守ってやれんかった罪滅ぼしじゃ。儂は何も知らんし何も言わん。そして、この二人を守るために、お前さんたちに頼まれた事は何でもしてやる」

ただし、儂にできる事ならな、と少し悪戯小僧のような顔をして、君島さんは笑った。

10

車の音がした、と楓さんが立ち上がって玄関から出ていって、わたしたちも慌てて後から続きました。

わたしたちの車が通った跡を忠実になぞるようにして、夕暮れが迫ってきた光の中、一台の真っ赤な軽自動車が走ってきました。

「あら」

紗代さんのそういう声が聞こえました。わたしも思わずそう呟くところでした。意外というか、先入観があったというか、運転席には女性が見えたんです。しかも、わたしたちと年齢的にそんなに変わらないのではないかという女性。

楓さんの車に並んで停めて、降りてきました。少し大きめの鞄を抱えて、その人はにっこり微笑みました。ショートカットに白いダンガリー風のシャツ、それにスリムな黒いジーンズ。

「すみません！　お待たせしました！」

軽やかに走ってきた赤川さんが、そう言ってにっこり微笑みました。きっとわたしよりはるかに運動神経がいいって思わせるダッシュでした。

「まぁ、入りましょう。自己紹介はコーヒーでも飲みながらゆっくり」

楓さんがそう言って、わたしたちはゆっくりと家の中に戻りました。


「赤川美加《みか》です」

すぐ隣の町の広告会社にデザイナーとして勤務していると言いました。わたしがイラストレーターをしていると話すと、二人の話は少し盛り上がりました。

コーヒーの香りの中、まず、今までの経緯を、楓さんが話しました。わたしが話すより的確に短くしゃべれるからです。美加さんはにこにこしながらそれにひとつひとつ頷きながら聞いていました。

「そんなところなんですけど、ひょっとして美加さんは何もかも知っていたんですか?」

楓さんが訊くと、美加さんは頷きました。

「皆さんのことを知っていたわけではなくて、この西洋館で過ごしたミツさんと桐子さんと花恵さんのことは聞かされていました。三人の方がこの家の持ち主で、いつかそれに関係する、たぶん子孫の方が訪ねてくるだろうって」

「それは」

楓さんがたずねます。

「あなたのご両親から、聞かされていたということ?」

「そうです。父からです」

お父さん。美加さんはこくりと頷きました。

「わたしの父、赤川健一《けんいち》は、ハーフなんです」

「ハーフ?」

そうです、と美加さんは続けました。

「この家で暮らした、金崎けい子とロン・ホーソンの間に生まれた息子です。健一と名づけられて、私のおじいちゃんの赤川泰男《やすお》に引き取られて、赤川家の息子として育ったんです」

けい子さんとロンさんの息子が、美加さんのお父さん。

「じゃあ、わたしたちの祖母たちと、美加さんのお父さんはこの家で」

美加さんがにっこり笑って、鞄の中からノートを取りだしました。古そうなノートで、開くとそこに写真が貼ってありました。

「これが、たった一枚だけ残された写真だそうです。当時、この西洋館で過ごした皆で撮った」

そこには、七人が写っていました。

「おばあちゃんだ!」

最初に声を上げたのは香織ちゃん。

「そう、これが私の」

紗代さんも、指差しました。

「これがミツさんだ」

楓さんも、同じように指差しました。わたしたち三人の祖母の若き日の姿が確かにそこにありました。

そして、幸せそうな笑顔で赤ん坊を抱いている、美しい一人の女性。その女性の腰に手を回している外国人の男性。

「これがけい子さんと、ロンさんなんだ」

「赤ん坊が、私の父です」

そして、いちばん端で腰に手を当てて立っているのが。

「おじいちゃんの、赤川泰男です。もう十年前に死んじゃいましたけど」

精悍《せいかん》な顔つき、でも優しそうな笑顔の男の人でした。

「おじいちゃん、東京の刑事さんだったそうですよ」

「へー、刑事さん」

楓さんが興味深そうに写真を眺めました。

「それで」

美加さんは、ちょっと背筋を伸ばしました。

「実は、わたしと血の繋がった祖父母の金崎けい子とロン・ホーソンのことは絶対に人に言ってはいけないと教えられて育ってきたんです。あ、ちょっと違いますね。本当は金崎けい子とロン・ホーソンがわたしと血の繋がった祖父母だってことを知らされたのは高校生になってからなんです」

皆で、少し首を傾げました。

「つまり」

香織ちゃんです。

「実の祖父母が誰であるかをきちんと知らされたのは、高校生になってからってこと？」

「そうですそうです」

お父さんの赤川健一さんがハーフであることも、そのときにきちんと知らされたそうです。

「お父さん、外国人っぽい顔はしていたんですけど何も聞かされてなかったから、単にそういうものなんだなって思っていたし、そうするとわたしはクォーターなんだ!って」

美加さんは可笑しそうに笑います。確かに、そう言われなければ少しだけ日本人っぽくない整った顔立ちの美人さんって感じです。そして、そのときにお父さんは言ったそうです。

「決してこのことを、他人に言ってはいけない。そうしなきゃならない理由がある。もちろんそれは恥ずべきことではないのだけどって。ですから、祖父母の名前をきちんと他人に言ったのは、私、今が初めてなんですよ」

少し嬉しそうに言いました。

「もちろん、それは、ミツさんと桐子さんと花恵さんの子孫にしか言ってはいけないと。つまり」

楓さんが、そこで口を挟みました。

「わかった」

ポン、とテーブルを叩きました。

「その理由も、全てがここに眠っているとお父さんに教えられたんだ」

ポケットから鍵を取り出しました。あの、秘密の部屋の鍵。

「そうなんです」

美加さんが頷きました。そうして、鞄の中からキーホルダーを取り出しました。そこには三本の鍵が付いています。

「もちろん、父はその理由を知っているんでしょうけど、自分では言えないと。全ては、この鍵で開く部屋に入っている。でも、私はこの建物と図書室の鍵は持っているんですが、あのコンセントカバーの下の鍵穴にはまる鍵は持っていないんです。三本目の鍵がはまる場所はずっと見つけられなかったんです」

「要するに、三人の孫なり、子孫が、つまりワタシたちが事情を知ってここにやってこなければ、部屋は開けられない！」

香織ちゃんが少し驚きながら、でも嬉しそうに言いました。

「そうなんです。私と、皆さんが揃《そろ》わなければ、秘密の部屋の中にあるものは、見られないんです」

お父さんは、死ぬまで秘密にしなければならないと決めていた。でも、こうしてわたしたちが訪ねてくる頃には。

「もう時間がそれを風化させているだろうって。秘密にしなきゃならない理由を」

お父さんに、そう言われていたそうだ。

十

赤川さんからの手紙が、君島さんを通じて私たちに届いたのは、一ヶ月ほどしてからだった。その間、けい子さんとロンさんの暮らしを私たちは、君島さんの協力もあって、三人で守り続けることができた。

とはいっても、拍子抜けするぐらい何も起こらなかったのだ。それまでと同じようにお屋敷には誰も近づかなかったし、私たちが食料を用意して届けるのも、誰も気付かなかった。

ロンさんとけい子さんはこっそりと裏の山に出掛け、山菜や茸《きのこ》や木の実など食べられるものを探すのが日常になった。沢で魚を釣るのも、野兎や猪を捕まえる罠を仕掛けるのも、ロンさんはとても上手だった。故郷のアメリカでも、小さい頃にはそんな事ばかりしていたそうだ。私たちは時々お米や味噌や野菜を届けるだけで、何の苦労もなかった。

赤川さんの手紙には、一週間ほど後に再びやってくること。その時には、全てを解決できるようにすると書いてあったので、いったいどのようにして何を解決するのか、私たちは期待と不安でいっぱいになりながら待っていた。

「ジャーナリスト？」

「そう。海外からやってきて、日本の田舎の暮らしをルポする特派員だね。ロンさんにはそう名乗ってもらう。そしてけい子さんはアメリカで育った二世で、彼の秘書兼妻という役だ」

赤川さんは、町の旅館に私たちを呼んだ。買い物に出るついでに寄ってほしいと。それは大丈夫。誰かに見られても事件の報告に来た赤川さんに会っただけと言えば済む話だったから。

「僕が二人をあの村に連れてきたということにする」

「赤川さんが」

「夜、ちょっと大変だけどロンさんとけい子さんには歩いて村を出てもらう。そして外れのところで僕が車で拾うよ。そのままこの旅館に連れて帰る」

そうして、次の日に、赤川さんはロンさんとけい子さんを伴い、村に現れたのだ。君島さんと村長さんに二人を紹介して、あのお屋敷でしばらく暮らす事を了承させた。

自分の友人だという触れ込みで。

赤川さんはあのお屋敷は既に横嶺さんの持ち物ではなく、公的には買い主が現れるまでは仮に差し押さえられた物件であるとの書類まで持ってきていた。それが、本物であるのかどうかは私たちには教えてくれなかった。ただ、大丈夫ですよと言うだけで。

けい子さんは、緊張していた。もちろん、私たちも。

確かにけい子さんはお化粧をさらに際立たせて、着ている服もまるで映画スタァのようだった。ロンさんもきちんとスーツを着こなし、髪をなで付け、最初に会ったときとは別人のようだった。

村長さんに判ってしまうのではないかと思ったけど、大丈夫だった。

「そんなものですよ。人間は、意外と印象で簡単に騙《だま》せる」

警察の人の友人で東京からやってきた人間が、かってこの村にいた娘であるはずがない。そんな事を考える人などいるはずもない。赤川さんはそう言った。実際、そうなったのだ。それにはもちろん、君島さんのさりげない協力もあった。実際、村長さんといっても今は名ばかり。

村役場を取り仕切る君島さんは実質上のこの村の長みたいなものだった。

「村の人たちからも孤立しない方がいい。積極的に関わった方が、怪しまれないものです」

赤川さんはそうも言って、ミシンを用意してきた。洋裁が得意なけい子さんに、私たちにそれを教える塾を開かせたのだ。ロンさんには、これからの時代に必要だと言って、英語を教える役を与えた。

何もかもが、君島さんの協力のもと、赤川さんの計画通りに進んで、私たちはそれに運ばれていった。

「大丈夫。きっと上手く行きます」

＊

それからの季節を、私たちはなんて幸せに過ごしたのだろうと、今は思う。

こうして、けい子さんもロンさんもいなくなってしまった今、悲しみはもちろんあるけれども、それ以上に、二人への感謝の気持ちが湧き上がってくる。

私たちは、確かに、二人のお蔭で得難いものを得ることができたのだと。

おそらくはこれから生き続ける長い人生の間、ずっとずっと宝石のように心の中で、胸の奥で光り続けるものを。

私たちの暮らしは静かに、ゆっくりと、楽しく過ぎていったのだ。

私ときりちゃんとはなちゃんは、〈学校〉になったお屋敷で洋裁と英語を習った。けい子さんは東京でずっと洋裁を習っていて、自分が着ていたワンピースなども全部作っていたのだ。

教えてもらった洋裁で、着物を洋服に仕立て直したり、赤川さんが送ってくれた生地でブラウスやスカートを作り、村の女の人たちに配った。それは大層皆に喜ばれたのだ。そしてロンさんに教えてもらった英語で、町にやってきた外国人の通訳をしたこともあった。それは私たちにとっては大冒険のような心躍《こころおど》る出来事だった。

二人への報酬の代わりに私たちは堂々と食べ物を〈学校〉に届けに行った。すっかり村に馴染んだ頃には、ロンさんとけい子さん二人で私たちそれぞれの家にご飯を食べに来ることもできたのだ。

戦争の間に途絶えていた村祭りを復活させる事もできて、二人はそこに参加した。外人であるというだけで渋い顔をしていた村のお年寄りたちも、その頃にはロンさんの優しく真面目な人柄を理解してくれて、仲間に入れてくれた。

このまま、ずっとずっと幸せな時が過ぎていくのだと思っていた。

その内に誰もがけい子さんとロンさんのことを、この村の人間だと認めてくれて、そうして二人は幸せなままに一生をここで終えるのだと信じていた。

私たちは、そう思っていた。

でも、二年が過ぎた頃。

ロンさんとけい子さんに赤ちゃんができて、村の産婆《さんば》さんの手で無事に取り上げられ、私たちはまるで親戚のおばさんになったかのように喜んでいた頃。

赤川さんが運んできた、事実。

進駐軍が、ロンさんの居場所をつきとめたという情報。

この村を離れた人から伝えられた〈村に外人が住んでいるんだ〉という、ほんの小さな小さな悪意のない話から綻《ほころ》びが生じてしまった。そこから知れてしまった事実。すぐにでも、軍の調査官が村にやってくるという情報。

もう少しで、もう少しでこの国が、日本が占領から解放されるかもしれないという時に。

そうして、二人は。

封印しましょう、と赤川さんが言って、私たちはそれに賛成した。

決して、誰にも言ってはいけない秘密。

村の人にはジャーナリストと嘘をついて、今までこの村で、私たちの英語教師として過ごしてきたロンさんが、脱走兵だった事。

二世でその妻だとして、私たちの洋裁教師として過ごしてきたけい子さんが、実は金崎さんの娘だった事。

横浜の裕福な貿易商の息子の赤川さんが、このお屋敷と土地を私たちのものとして手に入れるのに協力してくれた事。

進駐軍の追跡の手が伸びてきたのを知って、けい子さんとロンさんが逃げ切れないと、赤ん坊の健一くんを私たちに託して二人で心中した事。

残された健一くんを、子供を作れない身体の赤川さんが、引き取って赤川家の息子として、日本人として育てていく事。

全てを、このお屋敷に封印する。

あの秘密の部屋に、けい子さんとロンさんの遺骨とともに。

「私たちが、守ります。ここを」

私が言うと、きりちゃんも唇を真一文字に引き締めた。

赤川さんは私たちに告げた。

「僕はもう、この村に来ることはない。この子のためにも、ここは関係のない子供として育てるためにもね」

時が全てを風化させてしまうまで。

脱走兵の子供ということが世間に知れたとしても、問題なく過ごせる日まで。

この日本が再び力強く立ち上がり、平和な日々を取り戻すその時まで。

「来るでしょうか」

はなちゃんが言うと、赤川さんが頷いた。力強く。

「来ますよ。間違いなくそういう日が」

11

わたしたちが、床下の秘密の部屋で発見したのは、小さな二つの骨壺と、長い長い間ずっと書かれてきた祖母たちの手記でした。

手記は、この西洋館にけい子さんとロンさんがやってきたときのことから始まっていました。

どのようにして皆が出会い、どうしてここで暮らすことになったのか。そして、何故、祖母たちがここを手に入れて、誰にも知られることなくずっと守り通してきたのかが書かれていました。

全ては、残されたけい子さんとロンさんの息子の健一くんを守るため。

静かに眠るけい子さんとロンさんの遺骨を守るために。

その長い長い手記を、わたしと紗代さんと香織ちゃん、楓さんと美加さん、皆で夜通し読みました。

ときには涙して、ときには微笑んで。

〈いつかきっと、脱走兵であったという事実が、ただの事実としてしか残らず、健一くんやその家族が何の問題もなく暮らせる日がやってくることでしょう。その日まで、このお屋敷を、学校を、私たちは守り通すと決めたのです。

孫たちに遺そうと言い出したのはきりちゃんでした。子供の代ではきっとまだ無理だ。孫の時代にならば、全てが風化してしまうだろうと。実際、そうでした。今の時代、ロンさんが脱走兵だと世間に判っても、その事で健一くんが迫害《はくがい》されたりすることはないでしょう。健一くんも、何があっても動じない大人になっていることでしょう。健一くんの子供たちがそれによって不利益を被る事もないでしょう。

そうして、私たちの孫たちは、きっとこの思いを受け止めてくれるでしょう。何の根拠もなく私ときりちゃんとはなちゃんは話し合いました。あなたたちが、まだ小さい頃からです。きっと大丈夫。この手紙と、《さくらの丘》を遺しても、あなた方がうまくやってくれるに違いない。

私たちは、そう信じています〉

祖母の手記は、この町を離れるときに書いたのでしょう、そういうふうに結ばれていました。

「ここは」

読み終わって、香織ちゃんがぽつりと言いました。

「墓標《ぼひょう》だったんだね」

「うん」

紗代さんが頷きます。美加さんの眼が少し潤んでいました。長い間の疑問が解けて、そして美加さんのお父さんがどういう思いで生きてきたかを理解したからでしょう。

「大丈夫だよね」

楓さんに訊きました。もちろん、広く告げるようなことではないけれども、仮にこれを誰かに知られたとしても。

「もちろん」

笑って頷きました。

「むしろ戦争の貴重な資料として提供してくれと言われるかもしれないね」

そんなことはしたくありませんけど、それぐらいのものさと楓さんは言いました。

「もし」

美加さんです。

「父が許してくれたら、ロンさんの、私のおじいちゃんの家族の消息を探してみたいです」

「消息」

ロンさんはアメリカから日本にやってきて、そうして死んでしまった。アメリカに、お父さんやお母さんや、ひょっとしたら兄妹がいたかもしれない。

「ご両親はもう亡くなってしまっているだろうけど、兄妹やその子供はいるかもしれませんよね」

「そうだね」

「探してみたい。そして、ロンさんが幸せだったことを教えてあげたい」

皆で、頷きました。それもひょっとしたら、わたしたちのすべきことかもしれません。

楓さんはゆっくり立ち上がって、窓際まで行って煙草に火を点けました。窓から紫煙を流して、わたしたちを見て言いました。

「お墓を造ってあげようか。そこの庭に」

もうすぐ、あの桜が咲く庭。

まだ花は開いてはいません。けれども本当にたくさんの蕾が、今か今かと待っている大きな大きな桜の木。

「もう、いいんじゃないかな」

楓さんは続けます。

「誰にも咎められずに、ロンさんとけい子さんは、愛したこの地に、桜の木の下で、ゆっくり眠ることができると思うよ」

皆が、微笑んで頷きました。

「父を連れて、お墓参りもできますね」

美加さんが、嬉しそうに微笑みながら言いました。

桜が咲いていました。

一年経って、ようやくお墓を造ることができました。楓さんの提案に美加さんのお父さんも同意して、穴を掘りそこに石造りの箱を入れ、骨壺を納めました。

そして、その上には平らな石を置き、名前だけを刻《きざ》みました。

ロン・ホーソンとけい子

もちろん、美加さんのお父さんも来てくれました。手を合わせていいのか、十字を切ればいいのか判りませんでしたけど、皆で冥福《めいふく》を祈りました。

それは、わたしたちに託された、三人の祖母の思いだったのかもしれません。隠された二人をきちんと葬ってほしい。家の中の地下ではなく陽の当たる場所に。

その思いを、きちんと受け止めようと思いました。

そして、いつまでもいつまでも、祖母たちの思いが詰まった、この〈学校〉を守っていこうと決めたんです。

できる限り、わたしたちの手で。〈さくらの丘〉に残った、思い出を。

花も線香も何もいらない、と言ったのは美加さんのお父さん、健一さんでした。

「この桜が、あればいいよ」

そう言ったのです。

辺りを見事に薄桃色に染めて咲き誇《ほこ》る大きな大きな桜の木。

祖母たちが愛してやまなかった〈さくらの丘〉の、桜の木。


毎年こうして、皆で集まって〈学校〉に泊まろうとわたしたちは決めていました。桜の咲く時期がいちばん良いけれど、無理だったら夏でも秋でも。

季節によって美しく彩られる〈さくらの丘〉に集まって、祖母たちの思い出話に花を咲かせましょう。

いつか、わたしたちも祖母たちの元へ行くその日まで。

解説——過去から未来へ、命のバトンを渡すということ。

フリーライター 高《たか》倉《くら》優《ゆう》子《こ》

「三人寄れば文殊《もんじゅ》の知恵」なんて言葉もあるように、三人が集まると楽しいことは三倍に、辛いことは三分の一になる。また、二者がケンカをしても仲裁《ちゅうさい》する人がいることで人間関係も良好に保てると思う。私自身が三姉妹の一員として育ち、それを実感しているから、余計にそう思うのかもしれないけれど。

のっけからそんなことを書いたのには理由がある。本書『さくらの丘で』は、三人の女性たちが主人公なのだ。しかも、戦後すぐと現代、ふたつの時代それぞれを生きる三人の女性たちの物語だ。

山に挟まれた谷あいの小さな町で育った二五歳の満《み》ちるは、現在は東京でフリーのイラストレーターとして暮らしている。まだ春浅い三月のある日、祖母である宇《う》賀《が》原《はら》ミツが亡くなったという報《しら》せを受け、故郷に帰った彼女は、祖母が自分にさくらの丘と呼ばれる土地と、そこに立つ〈私たちの学校〉と祖母が呼んでいた西洋館を遺《のこ》したことを知った。母でも、ほかの孫でもなく、一番のお気に入りだった満ちるだけに。しかもその土地と西洋館は、祖母だけのものではなく、ミツの幼なじみだったはなちゃんこと青山花恵《あおやまはなえ》、きりちゃんこと兼原桐子《かねはらきりこ》との共同名義で、それぞれの孫である、沙代《さよ》さん（三一歳、バツイチの社長秘書）と香織《かおり》ちゃん（二〇歳の大学生）に遺されていたのだ。

昭和初期に建てられた西洋館とか、祖母たちから孫娘たちに贈られた遺産といった響きに胸が躍り、そしておのずと「西洋館にいったいどんな秘宝が隠されているの？」という期待が高まるではないか。

少女時代のミツと現代を生きる満ちる、ふたりが交互にひとり語りするスタイルを取り、時代と視点が切り替わりながら物語は進む。満ちる、紗代、香織に浮かんだ「どうして、三人の祖母が共同で土地と建物を手に入れていたのか」「どうして、三人の孫に遺そうと決めていたのか」といった根本的な謎や、戦後すぐ、西洋館に住み、英語と洋裁を教えていたアメリカ人のロンさんとけい子さん夫妻とはいったい何者だったのか、そして、その後、彼らはどんな人生を送ったのか、といった疑問が、少しずつ明かされていく。また三人に渡された鍵が、文字通り、物語の鍵となる。

童話のような雰囲気をたたえながら、ミステリとしての楽しさも味わえるのが本書の最大の魅力といえるだろう。

著者の小路《しょうじ》幸也《ゆきや》さんといえば、ベストセラー『東京バンドワゴン』シリーズでおなじみだ。下町で古本屋を営む、一風変わった大家族に巻き起こる悲喜こもごもを描いた作品。このシリーズを読んでいる方ならご存じの通り、物語は一家のおばあちゃん・サチのひとり語りで進んでいく。彼女のほんわかとした柔らかい口調のせいもあるが、ゆったりとした空気感が漂《ただよ》い、個性の強い主人公・我南人《がなと》のキャラクターも、ちょっとだけ複雑な家族関係も、スッと受け入れることができるのだ。

本作も『東京バンドワゴン』同様、女性の語り口調で進むこともあり、とても優しい世界観を持っている。文芸誌「Feel Love」の連載時は「ピースフル」というタイトルだったのだが、それ自体がこの作品のキーワードになっている点も挙げておきたい。ピースフルを和訳すれば、「平和な」「穏《おだ》やかな」「安らかな」という意味だが、戦争を体験した祖母たちの目を通じて、切実なまでに平和の尊《とうと》さを謳《うた》っているのだ。

祖母たちの時代の話は、戦後すぐということでまだ暗いムードを引きずっている。町は爆撃をまぬがれ、戦後の食糧難もそう深刻ではないけれど、兵隊に取られた若い男の人たちの多くは死んでしまい、骨になって帰ってきた。でも戦争で死ねば恩給が出るから、息子が死んでくれて助かると考える親がいたり、貧しい村では女の子が売られている悲しい時代。そんなころ村役場の仕事を手伝いながら、西洋館の管理も任されていたミツ、桐子、花恵の幼なじみ三人組は、ある秘密を抱えたロンさんとけい子さん夫妻と知り合うのだ。その秘密を守り抜くために彼女たちはある決心をする。そして、その決意が彼女たちの結びつきをより一層強いものにしていくのだ。

私たちは、約束したのだ。

将来、どんなに遠く離れたとしても、自分の意に添《そ》わない人生を歩んだとしても、この村で一緒に楽しく過ごした日々を忘れないと。

そして、誓《ちか》ったのだ。

男たちが戦いに行って、世界中が殺し合うようなことになっても、私たち女性は〈命を産む〉存在として、平和を願い合うのだと。

（中略）

戦争を、憎む。

でも、人を憎まない。

女性が、子供たちが、笑っていられる平和な世界を望む。

か弱く見えても、腹を括《くく》った女はやっぱり強いのだと誇《ほこ》らしくなる。そして男性作家であるにもかかわらず、そんな部分にスポットを当てた物語を、よくぞ書いてくださいましたと拍手を送りたくなる。

また、たびたび描かれる「罪を憎んで人を憎まず」というメッセージが胸に沁《し》みるし、下記のように音楽でたとえているあたり、ミュージシャン志望だった小路さんらしいなと思う。

アメリカ人は、鬼でも畜生でもない。それは、学校の岡島《おかじま》先生から聞いていた。敵味方として戦ってはいるけれども同じ人間だと。

でも、そう聞く前から私にはわかっていた。

だって、私は、ラジオから流れてくるジャズという音楽が好きだったから。あんなに楽しくて悲しくて美しい曲を作る人たちが、鬼や畜生であるはずがないっていつも思っていたから。

一方、ミツたちが誓った通り、命のリレーを受けて現代を生きる満ちる、紗代、香織の孫娘三人組は西洋館に隠された秘密を探るべく、いまは誰も住んでいないその家に一週間ほど滞在することになった。キャンプ道具などを持ち込み、何やら合宿のように楽しげだ。

血のつながりがないのはもちろん、会ってすぐだというのに彼女たちは不思議なほど意気投合し、強い結束力を見せる。大好きだった祖母の親友の孫——。血よりも濃い、そして時を超えた絆《きずな》が存在することになんだかほっこりした気持ちになる。

六人の女性たちはそれぞれ個性豊かに書き分けられていて、その点にも感心するのだが、忘れてならないのがボディガード的について来た満ちるの叔父である楓《かえで》さんの存在だ。宝くじを当てて大金を手にし、悠々自適に暮らす四〇歳の独身貴族。いまどきの草食男子風の佇《たたず》まいなのに、見張り役を買って出たり、アウトドアの極意を知っていたりと頼もしい。女性中心の物語にあって、彼の存在はスパイスのようにピリッと効いている。個人的にこういう男性が大好きなので「楓さん、もっと出てこないかな」などと思いながらページをめくった。

最終的に彼らが知った真実とは？　西洋館〈私たちの学校〉に遺されていた宝とは——？　それはもちろん読んでみてのお楽しみだけど、ひとつだけネタ明かしをしよう。

静かな感動が満ちるラストシーンには桜が登場する。儚《はかな》く散っても翌年にはまた芽吹《めぶ》き、美しい花を咲かせる桜は、過去から未来へ命をつないだ祖母と孫の、そして、時を超えた友情を描いたこの物語とピタッとハマる。美しい桜の描写を読むにつけ、

ああ、日本人でよかった。

しみじみそう思った。それと同時にいろんな国の人が自由に行き来でき、誰とでものんびり桜を眺められる平和な時代になってよかったとも思う。ある人が「あの戦争で死んでいった人が遺してくれた命を未来に伝えていくのが僕らの役目だ」と言っていたけれど、確かにそうだ。

過去から未来へ。祖父母から父母へ、父母から私たち世代へ。受け継いできたもの、渡されたバトンを伝えていくこと。それからメッセージがたくさん詰まったこういう素晴らしい物語をきちんと後世へ遺していくこと――。それが私たち世代に課せられた大切な役割なのだと思う。

（この作品『さくらの丘で』は平成二十二年九月、
小社より四六版で刊行されたものです）

さくらの丘で

一〇〇字書評

切り取り線

購買動機（新聞、雑誌名を記入するか、あるいは○をつけてください）

□（　　　　　　　　　　　　）の広告を見て
□（　　　　　　　　　　　　）の書評を見て
□ 知人のすすめで　　　□ タイトルに惹かれて
□ カバーが良かったから　　　□ 内容が面白そうだから
□ 好きな作家だから　　　□ 好きな分野の本だから

・最近、最も感銘を受けた作品名をお書き下さい

・あなたのお好きな作家名をお書き下さい

・その他、ご要望がありましたらお書き下さい

住所	〒				
氏名		職業		年齢	
Eメール	※携帯には配信できません	新刊情報等のメール配信を 希望する・しない			

この本の感想を、編集部までお寄せいただけたらありがたく存じます。今後の企画の参考にさせていただきます。Eメールでも結構です。

いただいた「一〇〇字書評」は、新聞・雑誌等に紹介させていただくことがあります。その場合はお礼として特製図書カードを差し上げます。

前ページの原稿用紙に書評をお書きの上、切り取り、左記までお送り下さい。宛先の住所は不要です。

なお、ご記入いただいたお名前、ご住所等は、書評紹介の事前了解、謝礼のお届けのためだけに利用し、そのほかの目的のために利用することはありません。

〒一〇一‐八七〇一
祥伝社文庫編集長　坂口芳和
電話　〇三（三二六五）二〇八〇

祥伝社ホームページの「ブックレビュー」からも、書き込めます。
http://www.shodensha.co.jp/bookreview/

祥伝社文庫

さくらの丘《おか》で

平成25年6月20日　初版第1刷発行

著　者　小《しょう》路《じ》幸《ゆき》也《や》
発行者　竹内和芳
発行所　祥伝社《しょうでんしゃ》
東京都千代田区神田神保町3-3
〒101-8701
電話　03（3265）2081（販売部）
電話　03（3265）2080（編集部）
電話　03（3265）3622（業務部）
http://www.shodensha.co.jp/

印刷所　錦明印刷
製本所　ナショナル製本
カバーフォーマットデザイン　芥 陽子

 ISBN978-4-396-33845-9 C0193

祥伝社文庫の好評既刊

小路幸也　**うたうひと**

仲たがいしてしまったデュオ、母親に勘当されているドラマー、盲目のピアニスト……。温かい歌《ストーリー》が聴こえる傑作小説集。

森見登美彦　**新釈　走れメロス　他四篇**

誰もが一度は読んでいる名篇を、大人気著者が全く新しく生まれかわらせた！　日本一愉快な短編集。

五十嵐貴久　**For You**

叔母が遺した日記帳から浮かび上がる三〇年前の真実――叔母が生涯を懸けた恋とは？

平　安寿子　**こっちへお入り**

三十三歳、ちょっと荒んだ独身OLの江利は素人落語にハマってしまった。遅れてやってきた青春の落語成長物語。

三羽省吾　**公園で逢いましょう。**

年齢も性格も全く違う五人のママ。公園に集まる彼女らの秘めた過去が、日常の中でふと蘇る――。感動の連作小説。

本多孝好　**FINE DAYS**

死の床にある父から、僕は三十五年前に別れた元恋人を捜すよう頼まれた…。著者初の恋愛小説。

祥伝社文庫の好評既刊

伊坂幸太郎　陽気なギャングが地球を回す

史上最強の天才強盗四人組大奮戦！映画化されたロマンチック・エンターテインメント原作。

伊坂幸太郎　陽気なギャングの日常と襲撃

天才強盗四人組が巻き込まれた四つの奇妙な事件。知的で小粋で贅沢な軽快サスペンス第二弾！

中田永一　百瀬、こっちを向いて。

「こんなに苦しい気持ちは、知らなければよかった……！」恋愛の持つ切なさすべてが込められた、みずみずしい恋愛小説集。

中田永一　吉祥寺の朝日奈くん

彼女の名前は、上から読んでも下から読んでも、山田真野…。愛の永続性を祈る心情の瑞々しさが胸を打つ感動作。

白石一文　ほかならぬ人へ

愛するべき真の相手は、どこにいるのだろう？　愛のかたちとその本質を描く第一四二回直木賞受賞作。

三崎亜記　刻まれない明日

十年前、理由もなく、たくさんの人々が消え去った街。残された人々の悲しみと新たな希望を描く感動長編。

祥伝社文庫の好評既刊

朝倉かすみ　玩具《おもちゃ》の言い分

こんな女になるはずじゃなかった!?　ややこしくて臆病なアラフォーたちを赤裸々に描いた傑作!

飛鳥井千砂　君は素知らぬ顔で

気分屋の彼に言い返せない由紀江。徐々に彼の態度はエスカレートし……。心のささくれを描く傑作六編。

加藤千恵　映画じゃない日々

一編の映画を通して、戸惑い、嫉妬、希望…不器用に揺れ動く、それぞれの感情を綴った8つの切ない物語。

豊島ミホ　夏が僕を抱く

綿矢りさ絶賛!　それぞれの思い出の中にある、大事な時間と相手。淡くせつない、幼なじみとの恋を描く。

井上荒野　もう二度と食べたくないあまいもの

男と女の関係は静かにかたちを変えていく。人を愛することの切なさとその愛情の儚さを描く傑作十編。

瀬尾まいこ　見えない誰かと

人見知りが激しかった筆者。その性格が、出会いによってどう変わったか。よろこびを綴った初エッセイ!

祥伝社文庫の好評既刊

安達千夏 モルヒネ

在宅医療医師・真紀の前に七年ぶりに現れた元恋人のピアニスト克秀は余命三ヶ月だった。感動の恋愛長編。

安達千夏 ちりかんすずらん

「血は繋がっていなくても、この家で女三人で暮らしていこう」祖母、母、私の新しい家族のかたちを描く。

小手鞠るい ロング・ウェイ

人生は涙と笑い、光と陰に彩られた長い道のり。時と共に移ろいゆく愛の形を描いた切ない恋愛小説。

小池真理子 新装版 間違われた女

一通の手紙が、新生活に心躍らせる女を恐怖の底に落とした。些細な過ちが招いた悲劇とは――。

小池真理子 会いたかった人

中学時代の無二の親友と二十五年ぶりに再会…喜びも束の間《つかま》、その直後からなんとも言えない不安と恐怖が。

小池真理子 追いつめられて

優美には「万引」という他人には言えない愉しみがあった。ある日、いつにない極度の緊張と恐怖を感じ…。

祥伝社文庫の好評既刊

柴田よしき　ふたたびの虹

小料理屋「ばんざい屋」の女将の作る懐かしい味に誘われて、今日も集まる客たち…恋と癒しのミステリー。

柴田よしき　観覧車

行方不明になった男の捜索依頼。手掛かりは愛人の白石《しらいし》和美。和美は日がな観覧車に乗って時を過ごすだけ…。

柴田よしき　回転木馬

失踪した夫を探し求める女探偵・下澤唯。そこで出会う人々が、彼女の人生を変えていく。心震わすミステリー。

近藤史恵　カナリヤは眠れない

整体師が感じた新妻の底知れぬ暗い影の正体とは？　蔓延する現代病理をミステリアスに描く傑作、誕生！

近藤史恵　茨姫《いばらひめ》はたたかう

ストーカーの影に怯《おび》える梨花子。対人関係に臆病な彼女の心を癒《いや》す、繊細で限りなく優しいミステリー。

近藤史恵　Shelter

心のシェルターを求めて出逢った恵といずみ。愛し合い傷つけ合う若者の心に染みいる異色のミステリー。

祥伝社文庫の好評既刊

市川しんす／寒竹ゆり／鎌田知恵　**L et M**《エルとエム》

沢尻エリカの一人二役が話題！　BeeTVランキングトップドラマをノベライズ！　絵瑠《エル》と絵夢《エム》の恋の結末は？

西　加奈子ほか　**運命の人はどこですか？**

この人が私の王子様？　飛鳥井千砂・彩瀬まる・瀬尾まいこ・西加奈子・南綾子・柚木麻子…恋愛アンソロジー

江國香織ほか　**LOVERS**

江國香織・川上弘美・谷村志穂・安達千夏・島村洋子・下川香苗・倉本由布・横森理香・唯川恵

江國香織ほか　**Friends**

江國香織・谷村志穂・島村洋子・下川香苗・前川麻子・安達千夏・倉本由布・横森理香・唯川恵

本多孝好ほか　**I LOVE YOU**

伊坂幸太郎・石田衣良・市川拓司・中田永一・中村航・本多孝好

石田衣良、本多孝好ほか　**LOVE or LIKE**

この「好き」はどっち？　石田衣良・中田永一・中村航・本多孝好・真伏修三・山本幸久…恋愛アンソロジー